メディアワークス文庫

平安かさね色草子

白露の帖

梅谷 百

目　次

平安京に都が置かれていた、平安時代。

貴族たちは、草木や花の色や自然の姿を、自らの装束や紋に取り入れ、様々な色の組み合わせを生み出し、かさねの色目を楽しんだ。

色目の組み合わせにある程度の決まりがあり、その中でかさねの色目が季節に合っているか、どれほど優雅でいかに美しくあるか——、つまり『雅《みやび》』であることを彼らは重要視した。

雅であればあるほど、異性からの人気も高く、また尊敬の念を集めたのだ。

時は一一二二年。鳥羽《とば》天皇《てんのう》が帝《みかど》の位に就き、白河《しらかわ》法皇が院政を行っていた頃。

都の外れに一人の下級貴族の娘が住んでいた——。

第一章　紅葉――もみじ――

一

ああ、紅《あか》が深くなった。

足元に落ちている赤い紅葉の葉をそっと指先でつまんで天にかざし、日を受けて明るく緑に映える木々に重ねて、目を細める。

綺麗《きれい》。緑を背景に紅を見ると、紅が尚《なお》のこと際立つ。この色目、すごく好き。うっとりと目を細め、ため息を吐《つ》きながら、しばらく深紅と緑の色の重なりを楽しんでいた。

でもふと、我に返った。淡青《うすあお》の緑と、紅《くれない》の赤を重ねたら、若楓《わかかえで》の重《かさね》の色目になってしまう。若楓は春から夏にかけての色目だから、秋に区分される葉月（旧暦八月）の半ばである今には合わないじゃないの。

「――明里《あかり》」

でもでも、今だからこそ逆に映えたりしないかしら。いえ、やはり秋は少し退廃的な色味を合わせたほうが季節に馴染《なじ》むかもしれない。

「明里っ！」

ああ、でも濃青《こきあお》のような深みのある緑に合わせたら、赤が引き立って——。

「明里っっ！」

耳元で自分の名前が弾《はじ》けた。驚いて目を向けると、父上が縁に立ち、呆《あき》れた顔をして庭にいる私を眺めていた。

「あ、あら。父上、どうしたの？」

居住まいを正しながら縁に上がると、父上は「心配だ……」と呟《つぶや》いて頭を振る。

「心配って、一体どういうこと？」

「いやあ、明里はしっかりしているが心配だ」

「ええ？」

「言いにくい話だが……、明里も出仕してはくれないか」

へらりと笑った父上の顔を二度見する。

父上は、出仕、と言ったのかしら。もしや私も仕事に就いてほしいということ？

——でもそれも仕方がない。

ふう、と大きく息を吐き出し、湧いた不安を抑え込むように胸元に手を置く。

元々我が鷹栖《たかす》家は、下級貴族。いいえ、おじい様は従三位《じゅさんみ》の官位をいただいた、上級貴族だった。それなのに、どうして下級貴族に成り下がってしまったのかというと、そもそも父上のお人よしが原因。

父上は、ご自分の荘園《しょうえん》をあまり耕作に適さない、非常に辺鄙《へんぴ》な地にされても怒らない。屋敷《やしき》に泥棒が入った時には、不憫《ふびん》に思ってなけなしの財産を全部泥棒にあげてしまった。他にも荘園に天災や飢饉《ききん》があれば、その都度すぐに私財を投じてしまう。荘園の民からは慕われているものの、仕事で面倒事があれば率先して押しつけられるし、責任を取らされることは今でもよくあるそう。出世はとうの昔に諦めたらしく、あっという間に下級貴族に成り下がってしまったと聞いている。

そのせいで私が物心つく頃にはすでに鷹栖家は貧乏だった。

どのくらい貧乏かというと、身の回りのことをしてくれる下女も雇えないくらい貧乏。一応私は『貴族の姫君』であるはずだけれど、貴族らしい暮らしはまるでできず、都と呼べるかどうかわからないような辺鄙な地で、生きるために市井の人々に交ざって暮らしている。

母上も超がつくほど楽観的で、何とかなるわ、が口癖。かく言う私も、貧乏ながらギリギリ生活できている現状にあまり危機感もなく、今年十七歳になってしまった。

貴族の娘ならば、そろそろ結婚の話があってもおかしくない年齢なのに、下級貴族で、しかも両親ともそのような調子だから、浮いた話がまるでない。

特段美しくもなく、秀でた和歌も詠めない私が、平安京の中心部に住む貴族たちの噂《うわさ》になりようもなく、それどころか存在すら知られていないのではないかしら。

そんな私が、出仕しろ、か。

あら？　待って。もしやそれはすごくいいお話なのかもしれない。貧乏独身の私が生きていくにはやはり職が必要だわ！

「父上。私、出仕する」

「おお！　そうかそうか。明里ならそう言ってくれると思った！」

働けばもちろん報酬をいただけるわけで、そうしたら鷹栖家も下女を雇えるだろうし、私自身も少しは潤うかもしれない。特に先月の文月（旧暦七月）に訪れた猛烈な台風で壊れた屋根を年明けまでに直さないと、家族全員凍死するのは確実だわ。

それに、出仕するということは使用人である『女房』として、貴人の身の回りのお世話をするはず。

女房の『房』は部屋のことで、部屋をいただきそこに住み込んで、屋敷の主《あるじ》のために働く女性のこと。

幸運であれば、どこかの上級貴族のお姫様の下で働けるかもしれない。憧れの『源氏物語』や『枕草子《まくらのそうし》』の世界を間近で体験することができるかもしれないじゃないの！

そう考えたら、急に胸が弾む。

美しい装束を間近で見放題だなんて、どう考えても断る理由なんてないわ。

それにもしかしたら、都で一番雅だと有名な、憧れの志摩姫《しまひめ》とお近づきになれるか

もしれない！　ちょっと待って、もし志摩姫とご友人になれたらどうしよう！

「明里が出仕するのは、春日《かすが》家なんだが──」

「無理」

間髪いれずに言い放つと、父上は目を丸くする。何を言っているのかしら、父上は。

春日家と聞いた途端、心配だ、と初めに父上が呟いていたことも腑《ふ》に落ちた。

春日家と言ったら、それこそ群を抜く上級貴族の家。

平安京の片隅で、貴族とは縁遠く暮らしている私にも、春日家の噂は嫌でも耳に入

ってくる。

噂によると、春日家には有名な三兄弟がいらっしゃるそう。

ご長男の春日高成《たかなり》様は、従三位に叙せられ、蹴鞠《けまり》と弓の名手で武官。女性が大好き

で毎日様々な女性のもとに通われているみたい。

次男の哲成《てつなり》様は、同じく従三位に叙せられ、参議として宮中で政《まつりごと》を行う切れ者だけれど、非常に冷徹だそう。

三男の幸成《ゆきなり》様はまだ元服されたばかりの十五歳だけれど、非常に英俊で出世頭。人当たりも良く人望があり、異例中の異例ですでに従三位に叙せられている。

三人とも数年内に大臣にまで上り詰めるのは確実。

表向きは三人とも非常に優良物件だ。

でも絶っっっ対に無理。

「ねえ、父上。まさか春日家の噂を聞いたことないの？」

詰め寄ると、父上は視線を明後日《あさって》のほうに向けながら苦笑いする。

「あ、ある。今まで何十人も女房を迎え入れたが、皆数日で逃げ帰るそうだな」

「ええ。春日家で一体何が起こっているのか正確にはわからないけれど、春日家に出仕するのだけは、どの家も拒否していることくらい、私も噂で聞いているわ！」

何十人もが数日で辞めてしまうなんて、絶対に何かある。

問題もなく居心地のいい職場ならば、長くお勤めできるはずなのに、皆超短期間で辞めてしまうなんておかしい。

「ちょっと待って。そもそも、どうしてこの話が急に出てきたの？」

「いやあ、実は最近ご長男の高成様の下で働くことがあってな。鷹栖家の困窮を知って、明里に働きに来ないかとおっしゃってくださったんだ」

「高成様が？」

「ああ。元々おじい様が参議だった頃に鷹栖家と春日家はそれなりにつき合いがあったのだ。高成様は以前どこかでそのことを聞いたらしい。それから鷹栖家を気にしていてくださったようだ。私に娘がいることを知らなかったそうだが、その話をしたら是非に、と」

「そう……。でも私、春日家の三兄弟にはいい噂を聞かないんだけど」

「まあな。あれだけ三人とも美男子なのに、雅なことはからきしだから、姫君たちの受けが悪くてなあ」

思わず父上と同じ間でため息を吐く。

三人とも超がつくほど美男子なのに、季節外れの色目の装束を着ていたり、小物も頓珍漢なものを身につけていたりと、まるで雅ではないと噂で聞く。

恐らく身の回りのお世話をする女房がいないからだと思うけれど、限度があるわ。

「数日で帰ってきても構わないから、ちょっとだけでも春日家に出仕しないか？」

父上は、両手を合わせて懇願する。

ああ、この顔はすでに高成様に私が出仕すると約束してしまったということね。

父上の人の好《よ》さというか、断り切れない優柔不断さというか、どうにかしてほしいとは思う。でもやっぱり背に腹は代えられないのは私も理解している。

ため息交じりに視線を逸《そ》らすと、壊れている手すりが目に入る。穴があいた屋根から、きらきらと光が入り込んできていた。

気が滅入《めい》って庭に目をやると、池は干上がり、草がぼうぼうに生えている。屋敷もボロボロだし、床が抜けそうな場所が何か所もある。

それは全部、貧乏だからなのよね。

「……わかった。出仕する」

せめて報酬をいただくまでは頑張って、すぐに辞めよう。

屋根だけは絶対に直して、残りは家計の足しにする。それまでの辛抱だから。

そう自分に何度も言い聞かせた。

二

「鷹栖明里と申します。どうぞよろしくお願いいたします」

深々と頭を下げてひれ伏す。

「へえ！　明里ちゃんって名前なんだね。すっごく可愛《かわい》いね！　まるで秋の野に降り立った女神だよ。僕は今、心の底からこの出会いに感謝しているよ」

私の前に座った男性は、瞳をキラキラ輝かせながら私を覗《のぞ》き込《こ》む。さすがに出会ったばかりの男性に素顔を晒《さら》すのは気が咎《とが》め、着物の袂《たもと》で顔を隠しながら苦笑すると、さらに甘い言葉が降ってきた。

「初々しくていいね。まさかこんなに可愛い子だとは思わなかったな。僕は春日高成。春日家の長男だよ。明里ちゃん、これからよろしくね」

「はい、高成様。お世話になります」

「お世話になります、だなんて、妻を娶《めと》ったみたいだ。甘美な響きだなあ」

ほんの少し頬を紅潮させながら、高成様は私に向かって屈託なく微笑《ほほえ》む。

笑うと垂れる目尻が愛らしい。すらりと通った鼻筋に、薄い唇の口角が柔らかく上がって、ほんのりと色気を醸し出している。瞳も髪も明るい胡桃色《くるみいろ》で、まるで大きな犬が懐いてくれたみたい。

なるほど。これは姫君たちから熱い視線を多数受けるのも頷《うなず》けるわ。

高成様の口から落ちる甘い言葉も相まって、姫君たちはコロッとこのお方の魅力に嵌《はま》ってしまうのではないかしら。

でも、やっぱり。

視線を高成様の顔から下に向けると、高成様は、紅梅の重の装束を着ていた。一番上に着ている紅梅は桃色、その裏地に蘇芳《すおう》——暗い紫みの赤を使っている。

紅梅の重は、春に着る重の色目だわ。今は秋の初めなのに——。

しかも大きく着崩していて、袂から一番下に着る単《ひとえ》がだらしなく出てしまっている。

すごくもったいない……。

なぜ桃色を選ぶのかしら。この色では高成様がけばけばしく見えるだけ。

どうしてそんな着方をするの？　どうして——。どうして⁉

あああ、と頭を抱えたくなるほど落胆し、どうして、と心の中で叫び続ける。

高成様ならもっと落ち着いた色目のほうが似合うのに。小顔で首がすらっと長いから、着崩さずにきっちりと装束をお召しになったほうが姿も映えるはず。

「——……ちゃん。明里ちゃん？　聞いてる？」

「はっ、す、すみません。失礼しました」

つい、悶々《もんもん》と考え込んでしまった。眉尻を下げた私に、高成様は優しく微笑む。

「ねえ、明里ちゃんはいくつなの？」

「十七になりました」

「へえ！　僕より五つも年下なのにしっかりしているね！」

五つということは、高成様は今二十二歳だわ。

尚更《なおさら》桃色はいただけない。どうにかしてその衣を脱がせたくなる。

「……ねえ、明里ちゃん。もし君さえよければ僕だけの女房にならない？」

「え？　どういうことですか？」

「つまり、本当に僕の妻に——」

そっと私の髪を手で梳《す》きながら、私の頬に唇を寄せる。

すごいわ。出会って数秒で口説かれるなんて。しかも明らかに手馴《てな》れている。

「高成様、お仕事についての説明をしていただいてもよろしいでしょうか」

自然な動きで高成様から距離を取って微笑むと、胡桃色の目が丸くなった。

私は春日家に恋愛をしに来たわけではなく、お仕事のために来たのだ。

高成様が大の女性好きという噂は常々聞いていたから、真に受けてはいけないことくらい、すでに心得ていた。

「う、うん。そうだね。ああ、先に弟たちを紹介するよ。一緒に来て」

「はい。かしこまりました」

頷いて、首を傾《かし》げている高成様のあとに続く。

本当に広いお屋敷。私の家が一体何個入るのかしら。

でもやはり雅なことに疎いのか、季節外れの色合いの几帳《きちょう》が置かれていたり、調度品もここにこれを置く？ と、疑問符が浮かぶものばかりで、庭も荒れ放題だった。

この屋敷の主や女房の方々は、このままでいいのかしら……？

「あの、他の女房の方々は……」

「え？ 聞いてない？ 今女房はいないんだ。つまり君一人だね。もちろん雑仕たちはいるけれど」

雑仕は下級の使用人で、ごく普通の市井の人々を雇って、炊事、洗濯、掃除などをしてもらう。

「高成様、実は私、女房勤めが初めてなので、具体的にどのようなことをするべきかわからないのですが……」

「簡単に言えば、僕ら兄弟の身の回りの世話、だね」

「身の回りのお世話、ですか」

「後宮十二司《こうきゅうじゅうにし》って知っている？」

後宮十二司は、後宮に仕える女房の組織のこと。

内侍司《ないしのつかさ》・蔵司《くらのつかさ》・書司《ふみのつかさ》・薬司《くすりのつかさ》・兵司《つわもののつかさ》・闈司《みかどのつかさ》・殿司《とのもりづかさ》・掃司《かにもりづかさ》・水司《もいとりのつかさ》・膳司《かしわでのつかさ》・酒司《さけのつかさ》・縫司《ぬいのつかさ》があり、それぞれ役割が決まっている。

帝への伝達、装束などをしまっておく場所の管理、書物や楽器、薬に武器の管理、門の鍵、火の管理、掃除に食事、お酒の……。

やることの多さに、さあっと血の気が引いていく。

「は、はい。知ってはおりますが……」

「後宮は人が多くて広いから、そうやって担当が決まっているんだよね。同じように屋敷の管理をしてほしいとは言わないけれど、似たようなことはしてほしいな」

「わかりました……。頑張ります」

「幸い、食事を作ったり、洗濯をする雑仕は数人いるし、戸締りとかは門兵や下人がやってくれるから、君には屋敷の事務的なことを手伝ってほしいかなあ」

「屋敷の事務的なことですか？」

「うん、初めは無理しなくていいよ。たとえば装束の補修とか、文の代筆に仕分けとか、客の相手とか……。僕はそんなに必要ないけど、弟たちの仕事の補助とか。あとは僕らの話し相手。あ！　朝優しく起こしてくれるとか？」

にやりと唇の端を上げて笑った高成様に、にっこり目尻を下げて微笑む。

「善処いたしますね」

「頼んだよ。兄弟それぞれ求めているものが違うから、しばらくは探りながら仕事をしてみるといいよ。僕らは女房がいない期間のほうが長いから、正直自分達だけでも日常生活に支障はないんだよね。でも女房がいないと細々したことを頼めなくて困るっていうのが現状かな。とりあえず僕だけの女房に……」

「ともかく、何かあればご相談いたしますね」

高成様の追撃をかわし、一礼する。

ふんわりとした仕事内容に、一抹の不安を感じる。後宮十二司と聞いて驚いたけれど、無謀な仕事量を入って早々に任せられるという気配はないみたい。

見知らぬ場所だから慣れるまでは辛《つら》いかもしれないけれど、特別おかしな仕事もなさそうなのに、女房たちが次々と辞めていった理由は一体何だったのかしら……。

そもそも、私がお仕えする主は、高成様を含む三兄弟だけ？

「高成様のご両親は……」

確かまだご存命だと父上から聞いている。朝廷の最高職である太政《だいじょう》大臣《だいじん》に任ぜられた方だったけれど、病に倒れて惜しまれながら職を離れたそうだ。

尋ねると、高成様は振り返って屈託のない笑顔を見せた。

「数年前から母上の実家の播磨《はりま》で暮らしているよ。父上の病のことは知っている？」

「はい。私の父上からも聞きましたが、都中の噂でしたから。あの、病状はいかがでしょうか？」

「体がどうっていうよりも、心の病かな。急に出仕したくなくなったみたいで」

「心の……」

「あー、心配しないで。部下たちが全然言うことを聞かなかったみたいでさあ。それで疲れちゃったみたい。辞めたらものすごく元気になったんだ。都に留《とど》まると来客が多くて落ち着かないから、さっさと隠居して播磨に引っ越したってこと」

お元気になられたのだとしたらよかった。ホッと胸を撫《な》でおろす。

「だからここに住んでいるのは僕ら三兄弟だけで、雑仕と下人たちが数人いるだけだよ。彼らは通いで勤めている人が多いから、君がお世話する必要はないからね」

つまり私がお世話をするのは三兄弟のみ、ということね。

食事や掃除、洗濯は雑仕に任せていいのなら、私一人でもなんとかなりそうだわ。

それにしても春日家ほどの家柄ならば、もっと多くの人が働いていてもいいはず。

上級貴族の屋敷では、二百人近くの雑仕や下人が働いているところもあるというのに。

ちらりと高成様を見上げると、私に向かってにっこり微笑んでくれる。

女房たちがすぐに辞めることを考えると、もしや雑仕や下人たちも居つかずに辞めてしまうのかしら。春日家で一体何が起こっているかわからず、高成様の笑顔も素直に受け止めることができなくなる。

「――おい。屋敷に女を連れ込むなと言っただろう」

急に背後から冷たい声が突き刺さる。気配もなくあまりに突然で、驚きで息が止まった。狼狽《うろた》えながらも振り返ると、敵意に満ちた眼差《まなざ》しで私を睨《にら》みつける背の高い男性が仁王立ちしていた。

「連れ込んでないよ。話しただろ？　鷹栖家から女房が来てくれることになったって」

「なるほど。貴様がその女房か。一体何日持つか知らんが、今すぐ帰ってくれて構わないからな」

頭上から嫌みにも似た声が降り注ぐ。珍しいくらい背が高くて、首を思い切り上げないと顔が見えない。威圧感のある壁のようだと思いながらも、そのお方の顔に目を奪われる。

彫りの深い端整な顔立ちに、きりっとした眉。鷲《わし》のような鋭く涼し気な目元が印象的。まるで絵物語から抜け出したかのような容姿に、完璧、という言葉はこの人のためにあるものだと、純粋に納得する。でも——。

「こんなぼやーっとした女に、我が春日家の女房など務まるか！」

素晴らしい美男子から、出会ってすぐに罵倒されてしまった。

何も言えずにいると、彼は背を向けてさっさとどこかに行こうとする。目で追うと、嫌でも束帯《そくたい》の石帯《せきたい》が目に入った。束帯は、朝廷に出勤する時の装束。もしや仕事帰りなのかしら。ああ、でも変な風に結んでいるのか解けかけているし、束帯の飾り石が壊れて取れてしまっている。しかも一つや二つではない。

本人も気づいていると思うけれど、装束なんてどうでもいいのかしら……？

「あの！　名乗らずに失礼いたしました。私、鷹栖明里と申します。今ご帰宅ですか？　白湯《さゆ》でもご用意いたしましょうか？」

嫌みは聞き流して声を掛けると、彼は振り返って目を吊《つ》り上げた。

「今日は休みだ！　白湯などいらん！」

なぜか声を荒らげて、御簾《みす》の向こうに消えていく。

「お休みなのに、束帯をお召しになっているのかしら……？」

「まあ、束帯を着ていれば、どこに行っても無礼にはならないからね」

呆れたように高成様が呟く。

それは確かにそうだわ。束帯は帝にお目に掛かる時にも着用できる装束。非常に公的な面が強く、その装束も官位によって色や紋が決まっている。その分、お召しになるのも大変で、窮屈だと父上から聞いたことがある。休みの日にわざわざお召しにならなくてもいいのではないのかしら。

「今のが、次男の哲成だよ。僕より二つ下だから二十歳。哲成は仕事ができない人間にはものすごく厳しいし、今みたいに暴言吐くから気をつけて。まあ、明里ちゃんは僕だけの女房でいいから哲成は無視していいよ」

すっと自然に私の手を握ろうとする高成様から、さりげなく身を引いて微笑む。

なるほど、あのお方が次男の哲成様。確かに曲者《くせもの》の予感がする。

小言を言われても、あまり深く考えずに、気にしないようにしないと。

「――おや、どちらの姫君ですか？」

唐突に響いた声は、声変わりしたのかしていないのかわからないような、中性的で不思議な魅力に満ちていた。

振り返るとそこに立っていたのは、私とそう身長も変わらない男性。

男性とわかるのは、哲成様と同じく束帯姿だったから。十二《じゅうに》単《ひとえ》を着ていたとしても、なんの違和感もない美少年だ。

幼さを残す黒目がちの大きな目にくっきりとした二重。ほんのりと赤みがかった頬。可愛いと、思わず口から漏れ出てしまいそうで、ぽかんと開いた口を慌てて引き結ぶ。

「どちらのって、この間話したよね？　鷹栖家から来てくれた新しい女房だよ。哲成も幸成も全く人の話聞いてないでしょ」

高成様がむくれると、幸成と呼ばれたその方から、急に優しい笑みが剝がれ落ちた。

思わず目を見開いて、凝視する。

「ふうん。この女が例の。——チッ、いい顔して損した」

地獄の底から響いてくるかのような、悪意が籠もった声。一気に冷気が全身を包む。

あれ……。あの愛らしい美少年は一体どこに……。

「高成。なんでいつも女房を連れてくるんだよ。どうせそいつも三日と経《た》たずに音を上げて実家に帰るんだから、女房なんていらないだろ」

「まあまあ。可愛い女性が家にいると、それだけで幸せになるでしょ？」

「はあ？　母上以外の女が家にいるってだけで、めちゃくちゃ汚された気分になる。正直、あんたの顔を見るだけで虫唾《むしず》が走るから、今すぐここから消えてよ！」

先ほどまでの愛らしい表情とは一転し、まるでゴミを見るような目つきで私を睨みつけている。同一人物だと言われても信じがたいほどだわ。

見事な変わりように感心していると、今度は私を気持ち悪いものでも見るように嫌悪感丸出しで眺め出した。

「……大体このあたりで泣いて逃げるような女が大半だけど、見かけによらず図太いね。あんたって、何言われても何も感じないの？　あ、わかった。心が死んでるんだろ。だからそんなにぼんやりしているんだよね？」

形のいい唇から飛び出してくる、鋭い刃物のような言葉。

確かに、ずっと大事に育てられてきた箱入りの貴族の姫ならば哲成様と幸成様からこのような扱いをされた時点で、逃げ出したくなるのもやむを得まい。

——三日と持たず逃げ帰っていく。その言葉をやっと実感する。

正直、幸成様の辛辣な言葉に、私も逃げ帰りたくなった。

でも、ここで逃げだしたら実家の修理もままならない。

台風で吹き飛ばされてしまった屋根の一部を早く直さないと、本格的な冬が訪れた時に父上と母上は凍え死んでしまう。だから家族のためにも辞められない。

何としてでも、報酬を必ずもらわなければ！

「鷹栖明里と申します。本日からお世話になります」

平静を装って、深々と頭を下げると、もう一度思い切り舌打ちされた。

「あー、なるほど。あんたそういう図太いヤツね。でもオレ、そういうの見ると思い切り意地悪して、二度と立ち上がれないくらいめちゃくちゃにしたくなる。――オレは三男の春日幸成。覚悟をきめておけよ？」

本物の鬼が美男子の姿をしているというのは、物語のお約束。

それを地でいきそうなほど、幸成様は美しい笑みを湛《たた》えた。そして笑みを思い切り剝がして、不機嫌そうに私を強く睨みつけて御簾の奥へ消えていく。

「あー……、ごめんね。驚いた？　幸成は、根はすごくいい子のはずなんだけど、どこかでひねくれてしまってね」

「い、いえ。大丈夫ですよ」

「よかった。幸成はまだ十五歳で、君とも歳《とし》が近いだろうから、弟のように思って仲良くしてほしいな」

それはどうでしょう。こちらが仲良くしたくても、今の感じを見たら、幸成様は私を受け入れてはくれない気がする。

それよりも弟？　私よりも二つ年下の可愛い弟、だなんて絶対に思えない。

無言で立《た》ち竦《すく》んでいる私に高成様は、

「幸成に目をつけられてしまったからには、ある程度覚悟してほしいけれど、まあ無理はしないでと言っておくよ。限界だって思ったら、すぐに言ってね」

と言って、目を泳がせている。

次男の哲成様が一番の曲者かと思っていたけれど、真の曲者はもしかしたら三男の幸成様なのかもしれない。

それにしても、私、あまり期待されていないのかしら。好意的に接してくれる高成様でさえ、私が辞めたいと訴えたら、簡単に受け入れてくれそうだった。

それってどうなのかしら、と思いつつも、今は深く考えてもしょうがない。私は私のできる範囲で三兄弟の女房として精一杯お勤めして、報酬をいただくと決めた。

まだ来たばかりで何もしていないうちから、めげないようにしよう。

よし、頑張ろう！

「高成様、足りないところが多いとは思いますが、一生懸命頑張りますのでよろしくお願いいたします！」

深々と頭を下げた私に驚いたのか、高成様は目を丸くする。

「なるほど、君は結構打たれ強そうだ。もしくはあまり深く考えないのかな？　どちらにせよ、僕としてはすごくありがたいよ。困ったことがあったらなんでも言って」

ふふっと優しい笑みを見せてくれた高成様に、大きく頷く。

よし、報酬をいただくまでは、絶対に帰りません！

そう心に決めて、私は不安だらけの春日家の女房生活を始めた。

三

「おはようございます、高成様」

何度声をお掛けしても、御簾の奥から何の音も聞こえてこない。

昨日はあのあと、屋敷の中を案内していただいただけで、実際のお勤めは今日からだった。女房生活一日目なのに、早速問題が発生している。

おかしいわ。こんなに声を掛けているのに、高成様から返事がない。

もしかして倒れている、とか？

心配になったけれど、御簾を上げて中を確認する勇気がない。殿方の寝所なんて、覗いたことがないもの。でも一刻を争うかもしれない。よしっ——。

心を決めて御簾に手を伸ばそうとした時、背後から床を踏みしめる音が聞こえた。

「はあー。無能って、どこまでいっても無能だね。一から人生やり直したら？」

聞き覚えのある中性的な声と辛辣な言葉に、反射的に全身が強張《こわば》る。

幸成様だ。朝のご挨拶をしなければと思ったけれど、棘《とげ》のある言葉に口が開かない。

「高成が朝に家にいるなんて絶対にないけど」

横から綺麗な手がスッと伸び、目の前の御簾を勢いよく押し上げる。

その先の寝所に高成様の姿はなく、空の部屋はしんと静まり返っている。

「いつも夜はどこぞの女のところを渡り歩いていて、アイツ屋敷にほとんどいないから。それよりオレが通りかからなかったら、あんたは永遠に空の部屋に向かって声を掛け続けていたの？　もし高成が死にそうになっていたらどうするつもり？　ねえ、黙ってないで答えてよ。――本当に役に立たない女房だな」

あまりに鋭い言葉に、心臓がぎゅっと縮こまって指先が固まる。幸成様のおっしゃる通り、恥じらいなどかなぐり捨てて、さっさと中を確認するべきだった。

乾いた唇を噛《か》み締めて、彼のつま先を見ながら深々と頭を下げる。

「失礼いたしました。教えてくださって、心から感謝いたします――、幸成様」

袂で口元を隠し、恭しく微笑む。幸成様も笑みを返してくれたのか、目尻が柔らかく下がったのを見て、ほっと息を吐いた時、幸成様は膝をついて私を覗き込む。

「役に立たない女房は要らない。――早く実家に帰れ、クズ」

ハッ、と自分の喉元から息を飲む音が響く。

限界まで開いた瞳に映るのは、優しく微笑む幸成様の姿。

この御方は、こんなに美しい笑みを湛えながら、毒を吐くのね。

「え、えっと。私、哲成様を起こしに参りますので」

じりじりと後方へ下がり、さりげなくこの場から立ち去ろうとする私を逃すまいと、幸成様がさっと退路を潰すように立ちはだかる。

「哲成は夜が明ける前に起きて、早々に内裏へ向かったけど。アイツは誰よりも仕事馬鹿だから」

う、嘘《うそ》。誰一人起こせなかった。

「さっきから何度も同じ言葉を言わせるなよ。仕事もできない役立たずの駄目女房なんて、必要ない。早く実家に帰れ」

「た、確かに私は駄目女房ですが、まだ始まったばかりです！　これからですから」

反射的に立ち上がり、震える拳を握り締めて幸成様に言い返す。

そうよ。まだ女房生活一日目。ここで挫《くじ》けるわけにはいかない。

言い返した私に驚いたのか、幸成様は目を見開く。

「……っ！　ま、まだこれから⁉　絶対にあんたみたいな粗暴な女に春日家の女房が務まるわけがない！　は、早く出ていけ！」

幸成様はなぜか顔を真っ赤にして怒鳴りながら御簾の奥に消えていった。

動揺していたように見えたけれど、どうしたのかしら。

それよりも、また怒られた。そこまで言わなくてもいいのに、と思った時に、握り締めた両手が自分の腰元にあることに気づく。

「そ、粗暴って、そういうこと……！」

思わず小さな悲鳴を上げて、着物の袂で顔を隠す。

しまった。あろうことか幸成様の前で素顔を晒してしまった。

姫君たちは安易に殿方に顔を晒したりしない。扇や袂で口元を隠すのが常。素顔を晒すのは夫や家族にだけなのだ。

私だって、それを守って生きてきた。でも、つい怒りが勝ってしまって——。

「最悪……」

泣き出しそうになりながらも、堪《こら》える。

出会って二日目の殿方の前で、大きな失態だった。幸成様の頬が真っ赤だったのを思い出して、さらに恥ずかしさに身もだえする。

ああ、もう実家に帰りたい。

母上にこんなことがあったのと打ち明けて、笑い飛ばしてもらいたい。

急に里心がついてしまって、じわりと涙が滲《にじ》む。泣いては駄目。こんなところで負けたくない。

鬱憤を晴らすように、大きく息を吐き出して、顔を上げて前を見据える。

さっき自分で言ったじゃない。まだこれからだって。

そうよ。私は今、春日家の女房だ。お世話される側の姫君とは違って、私はお世話するほうになった。いちいち顔を隠すのも面倒だと思えば、この機会に晒してしまってよかったと思おう。

でも、今日のような失敗を繰り返さないためにも情報は必要よね。まずは春日家に仕える雑仕の人たちに三兄弟の話を聞いて、彼らの生活実態を把握しよう。

四

それにしても、大きなお屋敷。母屋である寝殿と北屋と呼ばれる小さな離れしかなかった私の家とは比べ物にならないほどで、正直迷子だ。

昨日、高成様にざっくりとだけどお屋敷を案内していただいた。

敷地《しきち》は広大で、まだ全て把握できたわけではない。南向きの大きな母屋を中心に、母屋の北、東、西側にそれぞれ北の対、東の対、西の対という、対の屋と呼ばれる別棟が建っていて、渡り廊下の渡殿《わたどの》で繋《つな》がっている。

　母屋は元々三兄弟のお父上様がお住まいだったそうで、出ていかれたあとは誰も使っていないと聞いた。お母上様がお住まいだった北の対は、今は高成様が寝所にされ、西の対は哲成様、東の対は幸成様が寝所にされている。

　あら？　そういえば、どうして幸成様が北の対に来たのかしら。

　北の対には高成様のお部屋があるだけで、東の対にお住まいの幸成様に用はないはず。それに高成様が朝は部屋にいないことを、幸成様は初めから知っていた。

　もしかして、お勤め初日の私を心配してくれた……とか？

　そう考えてみたけれど、先ほどの辛辣な言葉を思い出して、心の中でそれはないと断言する。

　単純に偶然通りかかったら私がいたので、声を掛けただけだろう。

　そうよね、と勝手に決着をつけて、高成様から言われたことを思い出す。

　――僕らはしきたりとか全く興味がなくて、皆自分が気に入った部屋に住んでいるから、君も好きな場所を見つけて部屋にしてくれて構わないよ。

　そう高成様に言われて、非常に困った。一応私は貴族の姫君だけれど、ここでは女房なのだからわきまえるべき、と、東の対にある侍廊《さぶらいろう》に住まわせてもらうことにした。

侍廊はこの家で働く人が住む場所。

いつから使われていないのか、部屋を仕切る几帳は倒れていたし、御簾は破れていた。掃除もせずに放置していたのか、埃《ほこり》が溜《た》まって山になっている。

お屋敷を警護している下人が数人いるようだけれど、別の離れに住んでいるそうで、侍廊には私一人だけ。

「あ、あの。お仕事中すみません……」

料理を作る場所である厨《くりや》を覗くと、そこには三人の年配の女性が働いていた。料理を作るのは女房の仕事ではなく、もっと身分の低い雑仕の仕事になる。

「あ、あら。どちら様でしょうか。何か御用ですか？」

「初めまして。私、昨日からここでお世話になっております、女房の明里と申します」

深々と頭を下げると、女性たちも私に向かって頭を下げてくれる。顔を上げると何かかわいそうなものでも見るような目で私を眺めていることに気づく。

「少しご兄弟についてお聞きしたいことがあるのですが……」

「はあ。でも、きっと明里様もすぐにご実家に帰られることになると思います」

だから聞いても無駄、と言いそうだわ。女房が居付かないのは私を含め周知の事実。

困りながらも微笑むと、彼女たちも同じように笑む。

「しばらくなんとか頑張ろうと思っています。なので、お屋敷を出るお時間など、ご兄弟の生活のご様子を知りたいのです」

「そうですねえ。三人とも内裏で仕事をされております。休日は六日ごとに一日休みがございます。六、十二、十八、二十四、三十は皆休みだと覚えておいてください」

「では休みは一か月の内に五日のみということですか？」

「いえ。賜暇《しか》と呼ばれる、五日と同数の休みもいただけるそうなので、全部で十日ほどでしょうか。いつ休みになるかは、ご兄弟にお聞きしなければわかりませんが、五日を一気に休みにするというよりは、出勤の五日間にもう一日休みをお取りしているようですね」

なるほど。六日ごとに二日ほど休みがあると考えておけばいいのね。

「ですが、高成様はほとんどお屋敷におりません。姫君のもとを渡り歩いているようで、そちらから内裏にご出仕されます。日中仕事が終わると一旦お戻りになることもありますが、蹴鞠にお出かけになられたりしたのち、夕食も取らずに日没と共にまた姫君のもとにお出かけになります」

　では高成様はほぼお戻りにならないと思っておこう。

「次男の哲成様は起床されてすぐに内裏にご出仕されます。大抵日没後に帰ってきて夕食を取り、重要な会議がしばしば夜に開かれるため、また内裏にお戻りになることが多く、そのあとはお休みに帰ってくるようです」

　哲成様は仕事人間なのね。身分の高い貴族ほど、勤務時間は短いとお聞きしたことがある。哲成様はかなり高位の貴族なのに、朝から晩まで働いているみたいだわ。

「三男の幸成様も哲成様と同じように内裏にご出仕されておりますが、幸成様は哲成様のように仕事詰めというわけではなく、一番ゆったりと生活されているようです。日の出と共に起き、身支度を整え、内裏にご出仕され、日が真上に昇る頃にお戻りになり、午後はお屋敷で過ごされます。まだお若いですから、無理な勤務はないようです」

　なるほど。今の話を考えると、一番遭遇するのは幸成様だわ。

　先ほどのやり取りを思い出して、自然と眉根を寄せていた。

「……明里様、春日家に雇われている身のわたくしたちが申し上げることではございませんが、三人とも曲者でございます。中でも特に幸成様にお気をつけください」

その言葉に小さく身震いする。

「幸成様は……」

喉が締まったせいで小さく呟いた私に、おずおずと女性たちは口を開く。

「幸成様は大の女性嫌いです。お母上様に執着があるらしく、お母上様以外の女性が屋敷にいることが許せないようです。絶対に私たちに近づきませんし、私たちも幸成様の目に入らないようにしております。元々姫君として生活していた女房の方々は、幸成様の意地悪に耐えきれずに残念ながら早々に辞めていかれます」

「もしかして、下人の方や、雑仕の方の数が他家よりも少ないのは……」

「もちろん幸成様のこともありますが、哲成様は仕事に関しては非常に厳しく、使えない者は容赦なく辞めさせます。高成様は温厚な方で、我々にも分け隔てなく接してくださいますが、女癖が非常に悪く、泣かされて辞めていく女性が非常に多いのです。それが噂になり、働きに来たいという者が少なくなっております」

女房が三日と置かずに辞めていく、その理由を先ほど少し体感していた私は、その言葉にどう返していいかわからず、曖昧な笑みを浮かべ、お礼を伝えることしかできなかった。

大変なことを聞いてしまったかもしれない。

そう思うと、体が鉛のように重くなる。でも悪いことばかり聞いたわけではなく、三兄弟の普段の動向がわかったのはすごくよかったと思わないと。

雑仕の話を思い返して、仕事をどのように進めるべきか考える。

朝、高成様はご不在なので無視。起こす順番は哲成様、次に幸成様。

三人とも仕事はしっかりと行き、午後になったらまず幸成様と時折高成様がご帰宅される。日没と共に高成様は姫君のもとへ行き、哲成様がお戻りになる。そのあと哲成様はまた仕事に行かれることもある。

午後、お戻りになった方から今日の予定を聞き、何か手伝えることはないか確認すればいいとして、午前中、私は何をしようかしら。炊事、洗濯、掃除は雑仕の仕事だけれど、圧倒的に手が足りていないのは屋敷を見ればよくわかる。

庭は荒れ放題だし、使っている場所はある程度綺麗になっているけれど、普段使わない場所は放置して埃まみれになっている。

それもこれも三兄弟のせいで、皆辞めていってしまうから。

『曲者』という言葉が頭の中をぐるぐる回る。

駄目駄目。考えすぎてしまうと、すぐに実家に帰りたくなる。じっとしているとさらに不安に飲み込まれてしまうから、無理やり立ち上がって歩き出す。

当てもなく屋敷の中をさまよっていると、小路《こうじ》に面した門まで出ていた。

すごい。この門、四脚門《しきゃくもん》だわ。

思わず瞳を輝かせて門をまじまじと眺める。門柱の前後に、副柱がそれぞれ二本ついた四脚門は、三位の大臣以上の身分でないと許されていない門だ。三兄弟のお父上様は太政大臣にまで上り詰めた方だから、四脚門を許されたのだろう。

絵物語の世界にいるのを実感したけれど、すぐに暗い気持ちになる。

門は傷んで金具が壊れているのか、半開きのまま片方は閉じている。屋敷を囲む塀である築地《ついじ》は、土でできているから崩れやすく補修が必要なのに、放置されている。

三兄弟は揃《そろ》って美男子だけれど、姫君の人気がないのはこういうところなのかもしれない。揃いもそろって、『雅』に疎く、むしろどうでもいいと思っているのではないかしら。こんなに素晴らしいお屋敷を放置しているなんて、もったいなさすぎる！

「明里ちゃん!?　もしかしてお出迎えしてくれたの？　うわあ、幸せだなあ！」

悔しさに袂を噛み締めていた私の背に、明るい声が響く。牛車《ぎっしゃ》から飛び降りてこちらに嬉《うれ》しそうに駆け寄ってくる高成様を、思わず般若《はんにゃ》の顔で睨みつけていた。

「門や築地の補修は僕が手配しておくよ。下人の数が足りなくてつい放置しちゃった」

あははと笑いながら、高成様は私を誘って、北の対へ歩みを進めていく。

「今日の仕事があっという間に終わったから帰ってきたんだ。それはもちろん明里ちゃんに会うために頑張ったからだよ」と、高成様のどうでもいい雑談を聞きながら辿《たど》り着いたのは、物置のような場所。沢山の木箱が乱雑に置かれていて、動かさないと奥まで入ることができない。

「手が空いた時でいいんだけど、この部屋が一番荒れているから片付けてほしいな」

高成様は私たちの一番近くにあった木箱の蓋を開けた。

「——わあっ！」

思わず声を上げて、勢いよく覗き込む。

中には美しい桃色の織物が入っていた。

「さ、触ってもよろしいですか？」

「もちろん。お好きなように」

高成様が楽しそうに私を眺めているのに気づいていたけれど、それよりも箱の中に横たわる織物たちに心を奪われる。

ここに来て初めて、美しいものに出会ったような気がする。まるでそれ自体が輝きを放っているようで眩《まぶ》しい。

そっと触れただけで、滑るような手触りから絹だとわかる。

「母上は仕立てた装束や、仕立てる前の織物を大量に持っていたんだ」

「こんなに……素晴らしいです。お母上様は、ご実家に持っていかれなかったのですか？」

「うん。母上もあんまり装束に興味がない方でね。装束も織物も、父上や実家から沢山贈られたけれど、どうでもいいってここにしまい込んでいたというのが正しい表現かな」

「もったいない……」

こんなに素晴らしい装束や織物が沢山あるのに、眠っているだけだなんて……。

「母上は父上と隠居して都に戻ってくる予定もないから、さっさと処分して、って言われているんだ。だから明里ちゃんの好きに使っていいよ。君の装束として着たり、もちろん新しく仕立ててもいいし、几帳とか部屋の内装品に使ってくれてもいいよ」

「よ、よろしいんですか⁉　私、こんなに沢山の織物を見たのは初めてで！」

あまりの興奮で、手が震える。この大量の箱の中全てに、織物がぎっしり入っているのかしら。想像するだけでもう失神しそう。

高成様は興奮している私を眺めている。そしてくすくす笑いながらその大きな手で私の手を握り込んだ。

「――お好きなように。お姫様」

高成様の優しい笑顔ととろけるような声音に、一瞬心臓に衝撃が走って止まりかけた。私を見つめる明るい胡桃色の瞳は、不思議な引力を持っていて、気づけばぼうっとその瞳の奥を見つめてしまう。

「君は可愛いね……。ねえ、本当に僕のものにならない？」

掠《かす》れた低い声が耳朶《じだ》をくすぐり、空いた手がそっと私の腕を這《は》う。触れた部分から炎が駆け上がってくるように熱が走る。

これ以上近づくと危険だと、頭の中で警鐘が鳴る。でも、このお方の甘い囁《ささや》きに抗《あらが》えない。かくんと体から力が抜けたところを、待っていましたとばかりに高成様の強い腕で抱きとめられる。

胡桃色の瞳が差し込む光を受けてさらに近づく。あ、この色――。

高成様はまるで――。

「紅葉……」

「え？」

ああ、そうだわ！　紅葉よ！

高成様の他の人よりも明るい髪色と瞳の色は、絶対紅葉の重の色目がよく似合う。

今日は仕事帰りだからか黒の束帯姿だけれど、間違いなく紅葉だわ。

私を支える大きな手を振り払い、傍《そば》にあった箱の蓋を勢いよく開け放つ。そんな私を、高成様は呆気《あっけ》にとられたように見ていた。

いくつか箱を開いた時、中に紅緋《べにひ》と呼ばれている鮮やかな赤色を見つける。

「高成様、失礼します！」

「へっ⁉」

彼の肩口に、紅緋に染まった布を当てる。やっぱり高成様は顔立ちもはっきりされているし、透明感のある健康的な肌だから、華やかな色がよく似合う。二十二歳だとおっしゃっていたけれど、見た目はもっと若い。紅緋以外にも、橙色《だいだいいろ》や柿色のような色も似合いそう。

「あ、あの、明里ちゃん？」

ああー、絶対絶対、刈安《かりやす》のような明るい黄色も似合うわ！

桃色の装束のような優しい色だとお顔がぼやけてしまうから、パッと華やかで目を引く、鮮烈な色を纏《まと》ったほうがお似合いになるのに！

「明里ちゃん！　どうしたの？」

両肩を大きな手で力強く摑《つか》まれて正気を取り戻す。高成様は私が引っ張り出した色々な布に埋もれて困惑していた。

「す、すみません！　つい……」

慌てて高成様に積もった布を払いのける。

「すごい熱中具合だね……。僕はこのまま布に埋もれて息ができなくなるかと思ったよ」

「申し訳ありません……。実は幼い頃から、色や衣が好きでして……。高貴な姫君がお召しになる十二単の色目を考えるのが趣味なのです」

頬が火照る。美しい色の布を大量に見てしまったら、つい我を忘れてしまった。

「ええ？　そうなの？　君も貴族なんだし、着放題じゃないの」

「そういうわけには……。私の家は下級貴族ですし、衣を買うより食料の調達のほうが重要でしたから……」

は、恥ずかしい。でも私の家は春日家のような誰もが知っている上級貴族とは全く違う貧乏貴族だ。

「確かに君の父上は人ばかりいいからね。泥棒に財産をあげたっていう、都で流れている噂は本当なの？」

「そのようで……。父のおかげで、我が家は食べる物にも困りましたが」

さらに頬が熱くなり、ますます俯《うつむ》く。

そういえば、父上は高成様の部下なのよね。そのご縁で私が女房としてお勤めすることになったのだから、高成様には感謝しなければ。

長い指がそっと私の頬を撫で、顎を上げられる。

息が掛かりそうな近さで、高成様は薄い唇を横に広げて微笑んだ。

庭先に揺れているまだ色づいていない青紅葉を背景に、柔らかい日差しが高成様の肌をさらに明るく染める。

——やっぱり、高成様は華やかな色がよく似合う。

「明里ちゃんは本当に可愛いね。君のためにもっと沢山の衣を買ってあげるよ。ここにあるのも全部君のものだ」

「全部、私のもの……」

「そうだよ。好きにしていい。だから君のもとに通ってもいい……」

「高成様。私、この布で高成様の衣を仕立ててもよろしいでしょうか？」

尋ねると、高成様は目を丸くする。

「い、いいけど……、今真剣に口説いていたよね？　しかも二度目なんだけど⁉」

「嬉しいっ！　高成様、ありがとうございます！　すぐに仕立てます！」

両手一杯に布を抱きかかえてふかぶかと頭を下げると、高成様は盛大にため息を吐いて、頭を掻《か》いた。

「君は、僕の魅力がわからないの⁉」

「魅力……？」

「そう！　女性として僕にちょっとはドキドキしないの⁉　ってこと！」

高成様が一体何にそんなに怒っているのかわからず困惑する。

「も、もちろん高成様は素敵なお方だと思います……」

「でしょ⁉　あのね、僕が口説いたら百発百中で女の子たちは僕にメロメロになるんだよ！　わかる⁉」

「わ、わか……ります？」

「絶対わかってない！　何なの⁉　君は！　僕より衣なの⁉」

「はいっ！　こんなに沢山の素敵な布に、もう胸の高鳴りが止まりません！」

思わず口を衝《つ》いて出た言葉に、自分で言ったくせにものすごく後悔する。

「ぬ、布に負けたの……？　僕は……。嘘でしょ？　本気で？　この僕が？」

高成様は積み重なった布の山に向かってばったりと倒れ込む。

「す、すみません。つい本音が……」

「本音って……。思い切り傷を抉《えぐ》るようなこと言わないでよ……」

ごめんなさいと繰り返しながら、抜け殻のようになった高成様を覗き込む。

ほら、やっぱり華やかな色がこのお方にはよく似合う。

「あの、私は高成様の『魅力』というものをもっと引き出したいんです。もっともっと高成様が女性から注目の的になるようにお手伝いさせていただけませんか？」

尋ねると、高成様はため息を吐きながら起き上がる。

「女性から注目の的、ね。僕は君を振り向かせたいんだけど。君は一体何なの……」

何、と言われても、と困惑していると、高成様は私の反応を待つことなく口を開く。

「あのね、この布を装束に仕立ててくれるのは僕も賛成だけれど、僕らもそれなりに衣を持っているよ。見る？」

「えっ、いいんですか？　では是非拝見させてください」

高成様はぶすっとした顔をしながら、布が沢山置いてあった部屋の御簾を上げる。

まだ機嫌は直っていないようだけれど、怒ってはいないようだった。二つほど部屋を抜けた先に広がっていたのは地獄絵図。

「ここは僕らの装束部屋。適当にそこらへんにあるのを引っ張り出して着ているよ」

「僕らの、とは、皆様共用ですか？」

「そう。僕らは三人とも衣に興味もないし、内裏に参内する時は袍《ほう》の色も決まっているからね。哲成に至っては、参内しない休みの日も束帯を着ているし」

袍とは、一番上に着る衣のこと。ご自分の位階によって色が決められている。春日家の三兄弟は三人とも非常に優秀ですでに従三位。従三位の位袍の色は黒だ。

装束に一切興味もなく常に黒の袍ばかりで、春日家の三兄弟は美男子揃いなのに残念、という噂は都の片隅に住んでいた私の元にもよく聞こえてきた。

それにしても、脱ぎ散らかして山になった衣の数々に思わず目を背けたくなる。

「あの、ここの管理も私に任せていただいてもよろしいでしょうか？」

「もちろんいいよ。早速片付けてもらえると嬉しいかな」

「わかりました！　許可してくださって、ありがとうございます高成様！」

無意識の内に満面の笑みを浮かべた私に、高成様はため息を吐く。

「最高の笑顔だね。……ねえ、明里ちゃん。僕は君に俄然《がぜん》興味が湧いたよ。絶対に君を僕のものにするから覚悟して？」

え——。瞬《まばた》きをするのと同時に、頬に柔らかい感触が走る。

部屋を出て行く高成様が、してやったりとにやりと笑っている。

残った感触から熱が走る。膝に力が入らなくなり、へたりと座り込む。

れ、冷静になるのよ。こんなこと、高成様にとっては遊びの内。深く考えちゃ駄目。

それよりもこの部屋を何とかしないと。

掃除に洗濯は女房の仕事ではないかもしれないけれど、このまま放置しておくわけにはいかない。雑念を振り払いつつ、まずはこの装束部屋を綺麗にすることから始めないと。そう何度も言い聞かせるのに、いつまで経っても頬が熱を持っていた。

五

青空にはためく色とりどりの衣を見上げながら目を細める。天然の重の色目だわ。

青い空に朱や紫の衣をかざして楽しんでいると、後ろからどつかれた。

誰、と声を上げて確認しなくてもわかる。

「——ああ。あんただったの？　下級って言っても、まさか貴族の姫君が雑仕の恰好《かっこう》をしているなんて思わなかった。もしかして女房から雑仕に格下げされたとか？」

「おかえりなさいませ、幸成様。見ての通り洗濯中でございますので、お出迎えできず申し訳ありません。すぐに白湯でもご用意いたします」

「いらない。その恰好で屋敷をうろついてみろ。春日家の品位に関わるから、すぐに追い出してやる」

相変わらずゴミでも見るような目つきだわ。

私が雑仕の方々と同じく、小袖姿で洗濯をしているのがよほど気に入らないのか、幸成様は苛立《いらだ》ちを隠そうとしない。

以前、私が女房装束を着ていたら、幸成様に思い切り裾を踏まれて転んだ。それも一度や二度でなく、私を見かければ必ず踏んだ。

そのせいで膝は青く色がつき、触れば痛む。幸成様の徹底した意地悪に、音を上げそうになってはいるけれど、それならばと、最近は引きずる部分を取り除いた。今日は小袖姿だから踏むところがなくてついに直接どつくという行為になったのだろう。

こうやって私が幸成様対策をしていることがさらに怒りを煽《あお》るのか、最近はどんどん意地悪が増していく。

正直、今すぐにでも実家に帰りたい。父上と母上に思い切り甘えて、何も考えず、ただ重の色目だけ楽しんでいた頃に戻りたい。

――でも負けない。

春日家に来て、七日目。葉月と呼ばれる八月も最終日だ。

ここで辞めたら、今まで我慢してきたことが水の泡になってしまう。本来なら一年を二季に分け、春夏分の報酬は如月《きさらぎ》（旧暦二月）、秋冬分の報酬は葉月に支給されることになっているけれど、高成様はとりあえず三ヶ月勤めてくれたら報酬をくださると言ってくれた。だから報酬をいただける霜月（旧暦十一月）の最終日まで、絶対に辞めるものか。

実家の屋根をどうしても直さないと！

「あ、明里ちゃん！　ちょっといいかな？」

屋敷の渡殿から身を乗り出すように声を掛けてきたのは高成様だった。

「おかえりなさいませ、高成様。すぐに白湯をご用意いたします」

さりげなく幸成様から離れようとしたけれど、それより先に幸成様が屋敷に上がる。

「高成よりもオレに先に白湯を」

さっきいらないって言ったくせに、と思いながらも「かしこまりました」と微笑む。いるものをいらないと言ったり、用意してもいらないから下げて、とか、この七日で幸成様の気まぐれに散々振り回された。一々幸成様の方針転換に反応していたら身が持たないわ。

「ごめん、幸成。実は明日、蹴鞠なんだ。せっかくだから明里ちゃんに装束を選んでもらいたくて。白湯は別の雑仕に頼んでよ」

「は？　たかが蹴鞠にめかしこんでいく必要がある？」

「実は最近貴族たちの間で噂になっている、志摩姫の前で蹴鞠ができそうなんだ」

「し、志摩姫⁉」

思わずその名前に大きな声を出してしまう。

「あれ、明里ちゃんも知ってる？　帝の后《きさき》である璋子《しょうし》様の女房で、絶世の美女だって噂の姫君だよ」

「存じております！　私の憧れの姫君なんです。都の片隅にまでその名が伝わっております。才色兼備で非常に雅な姫君だといくつも噂をお聞きしました。十二単の襲《かさね》の色目が独特で、それはもう素晴らしいものだと……」

「そうなんだよ！　志摩姫は病弱で滅多に外出されないんだけど、今日璋子様と志摩姫が方違《かたたが》えで僕の友人の有仁《ありひと》の家に泊まるみたいなんだ」

方違えとは、陰陽道《おんみょうどう》で行きたい方角を占った時にその方角が悪いと出ると、一度別の方向に出かけて宿泊し、目的地の方角が悪い方角にならないようにする方法。

ご友人の有仁様、とは、もしや源《みなもとの》有仁様かしら。

先帝の後三条院《ごさんじょういん》の孫にあたる非常に優れた方で、今は確か太政大臣、左大臣、右大臣、内大臣に次ぐ、権大納言の地位にあって、お若いけれど三兄弟の上司に当たる。着々と出世されているから、公卿《くぎょう》の頂点に立つのも時間の問題だろうともっぱらの噂。

高成様は上司ではなく、ご友人とおっしゃっていたけれど、一体どんなお方で、三兄弟とはどのような関係なのかしら。

「明日内裏に戻る前に、璋子様に楽しんでもらおうって名目で蹴鞠の会を開くことになってさ。僕以外にも多くの貴族が招待されたみたいで、皆志摩姫の気を引こうと必死なんだよ……。だから明里ちゃん、頼むよ！ 僕の魅力を高めてくれるんだよね？ 志摩姫が僕に惚《ほ》れるような装束を見繕ってくれ！ あ、もちろん明里ちゃんが一番だからね！」

「うわ……。下心丸出しなのどうにかして。高成の女好きなところ、全く理解できないよ。大体、こいつにそんな才能……」

「高成様！ 是非選ばせてください！ 精一杯頑張ります！」

「明里ちゃん、ありがとう！ あ、そうだ。明日は明里ちゃんも一緒に行こうよ」

「ええっ⁉ ご一緒にだなんてそんな、畏れ多いです……」

「大丈夫だよ。明日はただの蹴鞠の会だし、場所も内裏じゃなくて有仁の屋敷だしね。蹴鞠を見たことある？　僕は結構上手なんだよ」

　蹴鞠は絵物語では知っているけれど、実際に見たことはない。

「はあ？　ちょっと待って。こいつを連れて行くなんて……」

「わ、私、蹴鞠、見てみたいです……」

「よし、決定！　一緒に行こう！」

　幸成様が何か喚《わめ》いていたような気がしたけれど、完全に耳に入ってこない私と高成様は、手を取り合って装束部屋に駆け込んだ。

六

「狩衣《かりぎぬ》、ねえ。僕、あんまり着ないんだよね」

　高成様がぼやく。昨日夜遅くまでいろいろ話し合って決めたのに、高成様はまだ腑に落ちないようだ。

　狩衣は元々、都の中流貴族の私的な装束だった。でも百年ほど前に貴族の頂点ともいえる地位にいらっしゃった藤原道長《ふじわらのみちなが》様が、高位であるにもかかわらず、寺社に参拝する際に狩衣を着用したことで、狩衣は地位を得た。

それ以来、貴族たちは狩衣をさまざまな場面で官位の上下にこだわらず着用し、さらに数十年前から、上皇の内裏への出仕にも用いられるようになったのだ。

狩衣は着用が楽で動きやすいという利点があり、蹴鞠や鷹狩《たかが》りなどでよく着用されている。

しかも、朝廷出仕用の細かく色などが決められている位袍とは違って、色彩も文様も自由。

つまり、雅であることを常に問われる装束。

高成様があまり着ないとおっしゃるのは恐らくお洒落《しゃれ》に自信がないからで、嫌いというわけではないと思う。

「まあ、一度着てみませんか？　もしお嫌なら、他のものにいたしましょう」

「……そうだね」

高成様は渋々頷き、白の小袖姿で私の前に立つ。

狩衣装束は、烏帽子《えぼし》を被《かぶ》り、白小袖の上に裏地のない単を着て袴《はかま》を穿《は》き、その上に狩衣を纏う。

まず単の色は紅色。そして狩衣の表は青、裏は刈安と呼ばれる澄んだ黄色。

古来緑色のことを『青』と呼んでいるから、これは緑が主体の重ね。

衣は表と裏の二枚の布を縫い合わせた裏地のある、袷《あわせ》でできている。表、といえば、衣類の前面に出る色のことで、裏といえば、裏地に当たる色のことだ。「重《かさね》」と書くときは、この表と裏の色使いのことを指し、「襲《かさね》」は、衣を重ね着して現れる色使いのことを指す。

重の色目は、裏の色はほとんど見えないけれど、別の色であることで、動いた時や袂をほんの少しめくって見せた時に、仄《ほの》かに覗く裏地の色に美しさや趣を感じる。

特に夏は薄い生地を使うことによって、表の色と裏の色が重なり合い、美しい色彩に変化する。

かさねの色彩がどれだけ季節に合っているか、場面に合っているか、着る人の雰囲気や年齢、体型に合っているか——。それが、『雅である』ということ。

特に今回は蹴鞠の会だから、動いた時にちらりと刈安の黄色が覗くはず。

昨晩徹夜して見えるところにだけ、刈安色の布を裏地に縫いつけた。全部つけるには時間がなかったから急ごしらえだけど、表に糸が響かないように縫ったおかげでかなり近づいてみなければわからないと思う。

狩衣の袖の端にある袖括《そでくく》りの緒は単と同じく紅に染めた紐《ひも》。狩衣を上から締める帯である当帯は、狩衣の表地と同じ生地を用いるけれど、今日は蹴鞠の会だしお洒落をして表は白、裏は濃蘇芳《こきすおう》——深い紫みの紅色の帯にする。高成様の官位は公卿だから紋は臥蝶丸《ふせちょうのまる》。表地よりも裏地を少し大きくして、濃蘇芳をわざと覗かせた。

帯を締め終えて、高成様を見上げる。

そこには美しい公達《きんだち》が立っていた。

「なかなか面白いかさねの色目だね」

「はい。高成様は華やかなお姿をされておりますから、同じように華やかな色を差し色に使うと映えると思いまして……」

「なるほど。これで志摩姫の目を奪うことができるかな？」

志摩姫はもっと素晴らしい雅な感性をお持ちだから、私の考えた重ねの色目なんて雅とは程遠く、逆に蹴鞠の会を台無しにしたと思われてしまうかもしれない。

実は、表は青、裏は刈安の色目は、夏や春の色目で似たものがある。

でも私が選んだ表の青は『常磐色《ときわいろ》』。

同じ緑でも色には幅がある。その中から高成様に合いそうな鮮やかな緑を選んだ。

一番見える部分が多い色を常磐色にしたことで、差し色になる裏地の刈安の黄色がちらりと見えた時によく映えるはず。さらに単の赤が襟元や肩口から覗くことや、帯、袖括りの緒などにも赤を配したことで、ますます人々の目を奪うのではないかしら。

ようやく葉月も終わり、長月（旧暦九月）が始まった。本格的に秋が深まってくる
この月は、紅葉も徐々に緑から紅や黄に染まり出す。

でも今はまだ寒さも厳しくなく、緑の葉のほうが優勢。そんな今の季節を、緑の間
から、ちらりと覗く紅や黄を使って装束で表現してみたのだけれど……。

私の選んだ色目など、ただの自己満足かも。

不安が襲ってきたけれど、大きく息を吐いて高成様を見据える。

「もちろんです。志摩姫だけでなく、都のどの姫君も、高成様の虜《とりこ》になります」

装束を着た高成様を見て、美しいと思った自分の感性を信じたい。

強く言い切ると、高成様は苦笑する。そして膝をついて私の目を覗き込む。

「どの姫君も、ね。なら君は？　僕は君も僕の虜になってほしいんだけど？」

いつか見たように、高成様は目元を緩めて柔らかく微笑む。首元から覗く単の紅が
胡桃色の瞳に映えて美しい。

「やっぱりこの色、正解です」

「ええ？　明里ちゃん、僕は——」

「——ねえ、ちょっと。毎回言っているけれど、絶対に女房に手を出すなよ？」

きょとんとしていた高成様を押しのけたのは、幸成様。

「そろそろ時間だけど。有仁を待たせるなんて言語道断でしょ」

「はあ。そうだね、もう出ないと。明里ちゃんも着替えて――」

「先に行ったら？　こいつはオレが連れて行く。今日は休みだし」

「えっ」

幸成様が？　ものすごく嫌な予感しかしない。道中ずっと小言を言われそうだわ。

顔に出ていたのか、幸成様は私をじろりと睨みつけた。

「あ、で、では、お願いします、幸成様……」

「十数えるうちに着替えろ。さあ、一、二……」

「えええ！　無理です、せめてゆっくり数えてください！」

慌てふためく私を見ながら、幸成様は意地悪く笑っている。

「幸成、あんまり明里ちゃんをいじめないでよ。辞めちゃったらどうするの」

高成様が部屋を出ていく時、呆れたように幸成様を諫《いさ》めてくれる。

「オレは辞めさせたいんだよ。今も一刻も早く実家に帰れと願っているんだけど」

にっこりと微笑んだその姿に、一種のモノノケの気配すら感じる。高成様はやれやれと肩を竦めて「ごめんね」と言って出て行ってしまった。

　ああ、最悪だわ。

「――今最悪だと考えていた？　あんたは考えていることがすぐ顔に出るよね」

　牛車に揺られながら、幸成様が微笑む。牛車の中で二人きり。初めは幸成様の小言が続いたけれど、次第に話すこともなくなって沈黙に耐えながら俯いていたら、自分が着ている五衣《いつつぎぬ》の襲の色目の順番を間違えていることに気がついた。

「はい、最悪なんです。色目の順番を間違えておりました」

「はあ？　間違えた？」

「本来なら一番下に着る単を蘇芳にして、その上に着る袿《うちぎ》を下から順番に紅、その上に淡朽葉《うすくちば》、その上に黄色、淡青《うすあお》を二枚重ねた順に着用していかなければいけなかったのに、黄の袿を一番上にしてしまいました……。間違えるなんて……」

　それもこれも、幸成様にかなり急《せ》かされたからだけれど。

「色目に間違いなんてあるの？　順番なんて別にどうでもいいよ」

「どうでもよくないんです。緑色の葉から内側にかけて徐々に赤く染まっていく紅葉の葉の色を表しておりますので、黄色が一番上に来るとその意味がなくなって、ちぐはぐになってしまいます」

一番上に羽織っている唐衣が緑。一番上の緑から順に内側にかけて赤く色づいていくはずだったのに。

「そんなに気になるなら、ここで着替えれば？」

「ここで？」

「女房風情が主の前で着替えを見せたいなんて、聞いたことないけどね」

気づけば唇をへの字にしていた。全て脱いで裸になるわけではないし、羽織っている衣の順を変えるだけだから大したことではないと思うけれど、そんなことを言われたら絶対に着替えられない。不満げな私の顔に、幸成様は満足したのか扇の奥でクスクス笑っている。

「まあ、着替えるのは諦めたら？　もう有仁の屋敷に到着するし」

「わかりました。あの、送ってくださいましてありがとうございました。帰りは高成様とご一緒いたしますので、お気遣いなく」

「は？　オレも高成の蹴鞠を見るけど？」

え。送ってくれただけじゃないの？

「有仁から招待を受けたのは、高成だけじゃなくて、オレもだけど」

「あら、それでしたら幸成様の装束もご用意いたしましたのに」

幸成様はいつもの黒の束帯姿だ。

「結構。オレは蹴鞠なんてしないし、何よりあんたに選んでもらいたくない」

ぴしゃりと言い切られて、それ以上何も言えなくなる。

装束を選んでもらいたくないかあ。地味に落ち込むけれど、幸成様との信頼関係を考えると、そう言われても仕方がないかも。

「でも、幸成様がご一緒で安心しました。一人で有仁様のお屋敷に行き、所在なく蹴鞠を見るなんて恐ろしくて……。ご一緒できてすごく心強いです」

下級貴族の娘が上級貴族のお屋敷に出向くなんて正直どうしたらいいかわからない。今は臣下に下ったと言っても、有仁様は帝の一族なのだ。どう考えても緊張する。でも幸成様がご一緒なら、きつく叱られることはあっても、私がとんでもないことをしでかす前に止めてくださるだろう。

安堵感《あんどかん》から微笑むと、幸成様が目を丸くしていることに気づく。

「そ、それって、オレのことを頼りにしているって……こと？」

「え？　もちろん頼りにしておりますよ」

「高成よりも、哲成よりも？」

「は、はい。頼りにしております」

なぜこのようなことを聞かれるのかわからなかったけれど、躊躇《ためら》いなく頷くと、幸成様の口元が少し緩んでいることに気づく。

あら？　トゲトゲした空気が少し和らいだような……？

「幸成様？　いかがされましたか？」

「い、いや、別に何も！　さあ、早く行くぞ！」

なぜか幸成様は慌てているように見えた。でもその理由を尋ねることはできずに、気づけば牛車が停《と》まって降りる準備が始まっていた。


「おやこれは、幸成様」

「お久しぶりでございます、藤原様。今日は過ごしやすい気候ですね」

先を行く幸成様よりも少し距離を取ってついていくと、幸成様がほんの少し進むごとにいろいろな人が幸成様にご挨拶されていく。

それに応えている幸成様はまるで別人。

さっきまで嫌みを言っていた幸成様はどこに行ってしまわれたのか捜したくなるほど、常に笑顔を見せ、朗らかな明るい声で、しかも丁寧な口調で話されている。

「――早く。遅いんだけど」

振り向いた幸成様の声音がガラッと変わり、笑顔が剝がれ落ちる。

なるほど。よくわかった。

幸成様は表では人当たりがよく、誰からも慕われるように振る舞っている。屋敷で見せる意地悪な姿は裏の顔。つまり幸成様は、経糸《たていと》と緯糸《よこいと》が違う色で織られている、まるで二藍《ふたあい》のような人なのだ。

それでも私の存在を無視することなく、合間合間に私がしっかりついてきているか確認して小言を言う。その姿を見ていると、このお方の中には私を見知らぬ場所に放置して捨て置くという選択肢はないのだと伝わってくる。

優しいのか、それとも酷《ひど》い人なのか、まだわからない。

でもやはり信頼していいお方だと思う。

「——なぜ貴様がここにいる」

突然ぐっと腕を引かれ、後ろに倒れ込みそうになる。反動で振り向いた先にいたのは、哲成様だった。

哲成様は朝早く仕事に向かい、夜遅く帰ってくる生活を送っているせいか、あまり屋敷で長時間会うことはなく、最低限のお世話しかできていない。

そのせいか緊張する。

私を頭上から訝《いぶか》し気に覗き込む鷲のような鋭い目つきに、喉が締まって声が出ない。

「高成の悪ふざけ。あろうことかこいつに、今日の蹴鞠の装束を選ばせたんだよ。さらにこいつも一緒に来ないかって誘ったってわけ」

「……こやつに装束を選ばせただと？　高成は頭が腐っているのか」

ご自分の兄上であるはずなのに、哲成様は遠慮がない。いや、幸成様も上のお二人に遠慮などない。

「春日家の評判が落ちたら貴様のせいだからな」

ぎろりと睨みつけられて背筋が凍る。

「大丈夫です……。恐らく」

曖昧に微笑むと、哲成様が大きなため息を吐いた。ちょうどその時、わあっと庭先から歓声が上がる。三人で顔を見合わせると、哲成様が「始まるぞ」と呟く。

「仕方がない、貴様は適当に傍の部屋に侍《はべ》っていろ。用があればその都度申しつける」

「かしこまりました」

頷くと、哲成様と幸成様は歩き出し、三十人ほどの貴族たちが座っている広間に向かう。二人が座り込んだ傍の御簾の内側に私も座る。他に先客はなく一人きりだった。

そっと御簾を押し上げて周囲を確認する。お二人の前に座っている貴族たちは恐らく有仁様に招待された方々なのだろう。皆様非常に風雅な衣裳を纏っていて、まるで絵物語の世界に飛び込んだようでうっとりと眺めてしまう。

「あのお方、素敵だわ！　どなたかしら……」

「ええっ、どの方？　……確かに素敵！」

他の部屋から女性の声がいくつも上がる。

よく見ると、御簾の下から美しい衣の端がいくつも出ていて、その美しく品のいい、非常に洗練された襲の色目にくらりと眩暈《めまい》が起こる。

これが都の姫君たち。

襲の色目だけで、雅を捉える教養が伝わってくる。

恐らく彼女たちは、有仁様の屋敷に勤める女房か、もしくはここに滞在されている帝の后である璋子様の女房。もしくは私のように招待された貴族につき従ってやってきた女房なのかもしれない。別の部屋に集まっているのか、賑やかな声が響いてきた。

ごくりと喉を鳴らして唾を飲み込む。どうしよう、急に不安になってきた。

高成様には別の衣裳をご用意するべきだったかしら。

もっと無難な衣裳とか……。ああ、どうしましょう。

彼女たちが楽しくお喋《しゃべ》りする声が四方から響いてくるけれど、緊張で耳に入らない。

「有仁様が、あちらの中将様とご懇意にされているとか……」

「お聞きになった？　帝の元におかしな文が届いたそうで」

「伊勢《いせ》の姫君が、藤原様に言い寄られているとか……」

ざわめきの間に飛び込んでくるとりとめのない噂話が、さらに心をかき乱す。

「あら――、こちらの部屋には先客が」

突然後方の御簾を押し上げて姿を現したのは、艶のある長い黒髪に、猫のように吊り上がった大きな目、すっと通った高い鼻の、大層美しい姫君だった。彼女がお持ちの扇には楓の絵柄が入っていて、それがまた雅で感嘆する。

ぽかんと口を開けたままの私を興味深そうに上から見下ろし、無言で空いていた場所に座る。

「お一人？　こちら、ご一緒しても？　他の部屋は人が多くて」

「は、はい。もちろんです。どうぞ！」

あまりに美しい姫君に話しかけられたことで声が震えていた。

自然と彼女の袂に目が行くと、私が今着ている楓紅葉《かえでもみじ》の襲の色目と同じだった。

十二単の襲の色目は何通りもある。楓紅葉の色目は珍しいものではないし、恐らくこの屋敷にいる他の女性たちの中にも恐らく着ている方はいるだろう。

でも、同じ部屋で同じ色目というのは少し居心地が悪い。

しかも彼女は正しい襲の色目の順番だ。

思わず恥ずかしくなって俯いた瞬間、わっと庭先や他の部屋から華やいだ声が響いた。目を向けると、庭先に高成様をはじめ、蹴鞠に参加される方々が姿を見せていた。

「――あれは高成様？」

隣で姫君が声を上げる。

よほど高成様が気になるのか、自ら手で御簾を押し上げ、その隙間からじかに高成様の姿を見つめている。

ど、どうしましょう。あんなに熱心にご覧になっている……。やっぱりあの装束はまずかったかしら。

都の片隅の下級貴族の私が、上級貴族である高成様の顔に泥を塗るなんて、これはもう命に代えて償うしかない。

全身から熱が引き、あまりに激しい鼓動が全身を小刻みに揺らしている。

じわりと嫌な汗が額を伝った時、彼女は誰に言うわけでもなく、呟いた。

「――あの装束、腹が立つ」

追い討ちをかけるような辛辣な言葉に、目の前が真っ暗になる。

二度ほど瞬きをした時、彼女は急に立ち上がって部屋から出て行った。一人残されて、急に心細くなる。

これはもう生きていけない。そう確信した時、御簾が乱暴に跳ね上がる。傍にいた私の顔に当たって、まるで叩《たた》かれたようにじわりと鈍い痛みが頬に広がった。

「貴様――」

御簾の向こう側から部屋に勢いよく入ってきた哲成様が、ただならない形相で私を見下ろしている。

「も、申し訳ありませ……」

全力で叫んだつもりだったけれど、全く声が出ず、掠れた声が落ちる。

「十日後に、月見の会を屋敷で催す。準備しろ。一緒に俺の装束も用意しろ」

吐き捨てながら、哲成様はまた乱暴に御簾を跳ね上げて部屋を出て行った。

どういうこと……？　十日後に屋敷で月見の会？　哲成様の装束も？

全く理解が追いつかず、御簾が揺れているのを呆然《ぼうぜん》と見つめる。すると不貞腐《ふてくさ》れた顔の幸成様が私のいる部屋に入ってきた。

「たかが女房風情がいい気になるなよ」

「え、一体どういうことですか？」

いい気になるな、なんて、私は今から高成様に謝罪しなければならないというのに。

「これで認められたと思わないこと。高成の装束が絶賛されているからと言って……」

「絶賛……？　え、ええ？」

思わず狼狽《ろうばい》して、どういうことかと幸成様の腕を掴んで引き寄せる。

「は、はしたないことをするな！」

手を軽くはたかれた痛みで我に返る。幸成様はなぜか頬を赤く染めて私を睨みつけていた。

「すみません、少し動揺しまして……。絶賛とは一体……」

「明里ちゃん！　見てくれた!?　僕の蹴鞠！」

叫びながら御簾を跳ね上げたのは、高成様だった。

「えっ、あ、全く見ていませんでした」

「ええ!?　み、見てなかったの？　晴れ姿だったのに！」

「申し訳ありません！　少々思考が追いつかず……」

いつ終わったのかもわからないほど動揺していた。

「まあこれだけ大絶賛させていたら、確かに思考が追いつかないよね。明里ちゃんのおかげで、皆に装束のことすごく褒められたよ。ありがとう！」

「ええっと……」

首を傾げると、幸成様が盛大にため息を吐く。

「高成の装束がとても素晴らしいって、皆話しているんだよ」

とても素晴らしい？　呆然としていると、高成様が私の頭を豪快に撫でる。

「本当に明里ちゃんのおかげだよ！　僕、今まで装束で褒められたことなんてなかったから、こんなに褒めてもらえるなんて思わなくて驚いたよ」

褒められた？　高成様の装束が？

嘘よ。全く実感できない。あの姫君は腹が立つと――。

「高成様、こちらにいらっしゃいましたか」

御簾の向こうに影が映り、女性が御簾をそっと押し上げて中にいた私たちを確認する。そしてゆったりと入ってきたのは、さきほどの美しい姫君。

「はっ、き、君は！」

「その装束、どなたが誂《あつら》えたの？」

「え？　それは、この子だけど……」

高成様の目が私を捉える。姫君は途端に目を吊り上げた。

「名前は？」

鋭い視線に射すくめられて、声が出ない。苛立つように彼女が舌打ちした音で我に返る。

「は、はい。鷹栖明里と申します。春日家で女房としてお勤めさせていただいておりまして……」

「明里……。あたしは志摩。帝の后である璋子様の女房よ」

志摩、とのお名前に、両目を落としそうなほど目を見開く。

もしかしてこのお方が、私の憧れの志摩姫。

まさか、先ほどの方だとは。改めて拝見しても、やはり息を飲むほど美しい。都随一と称されるその美貌も、隅々まで雅さに溢《あふ》れた佇《たたず》まいも、確かに噂に伝え聞く志摩姫そのもの。高成様が、志摩姫は病弱だと言っていたけれど、そうは思えないほど、はつらつとした声だった。

――あの装束、腹が立つ。

志摩姫がそう言ったのを唐突に思い出して、今度こそ地獄に突き落とされたような気分になる。あろうことか憧れの人にそんなことを言われるなんて……。

「なるほど。貴女《あなた》のその装束、高成様と合わせたのね」

はっ、と息を飲む。

「そ、そうです。せっかくなのでこれから色づいていく紅葉の姿を表現しました」

正直に言うと、自分の装束まで頭が回っていなくて、幸成様に急かされたこともあり、高成様の装束と同じ色目でいいや、と半ば投げやりに決めたものだけれど。

「——明里が高成様に誂えた装束は、まだ緑の葉が多く茂っている中、秋めいてきて徐々に黄色や赤に染まり出す紅葉の姿を表現した重の色目ね」

「その通りです……」

「貴女の襲の色目も同じ解釈ができる。あたしも今の季節を表現しようと、貴女と同じ楓紅葉の襲を着ているけど——」

志摩姫は言葉を切り、強引に私の腕を摑んで袂を引き寄せる。

「でも、貴女は黄色の袿がおかしな位置にあるわ。順当に色づいていくと思いきや、一枚だけ先に色づいた葉みたい」

「いえ、それは……」

「自然の中では実際にそういうこともあるでしょう。全てが同じように色づいていくわけがないし、一枚だけ先に色づくこともある。高成様の装束もそう。緑の中に、部分的に赤や黄色を配することで、季節の移り変わりを自然に表現している。貴女の装束は、写実的だわ。現実を色目に落とし込んで追究しているの？」

「志摩姫、実は……」

私の衣は、ただ急いでいて着る順番を間違えただけです、そう言おうとしたのに、私の声を遮って志摩姫が言い放つ。

「高成様の狩衣も、貴女の十二単の襲の色目も、すごく雅だわ。二人揃うとまるで実際の山の中にいるように感じて、さらに風流を感じる。なぜあたしが思いつかなかったかって、腹が立つくらい悔しい」

その言葉を聞いて、わっと沸騰した血が全身にめぐる。まさか志摩姫がそんな風に思ってくださったなんて……。

「い、いえ。そんな！　志摩姫のほうがとても優美で雅で私なんて足元にも及びませんん……」

同じ紅葉の襲でも全然違う。志摩姫の扇も楓の模様だし、帯、紋まで洗練されている。しかもそこにいるだけで何もせずとも人の目を奪う。

「……あたし、才能があるくせに、自分を卑下する人が大嫌い。つまり貴女も大嫌い。でも貴女の名前だけは覚えておく」

嫌悪感を前面に出し、きっぱりと言い切って、志摩姫は衣を翻して出て行った。

あとには、しんとした静寂が残る。

「……女の言い合いほど見苦しいものはないね」

そう吐き捨てた幸成様とは対照的に、高成様はにこにこ微笑んでいた。

「うわー！　志摩姫を直《じか》に見てしまったよ。すごく美人だったね！」

「そうですね！　ものすごく素敵でした！」

大嫌いと言われた衝撃よりも、憧れていた人に会えた嬉しさのほうが勝って高成様と一緒に喜び合う。そんな私に、幸成様が大げさに声を荒らげた。

「ちょっと待てよ。あんたは志摩姫に大嫌いだと言われたのに、何とも思わないの⁉普通は激怒してもいいところだろ！」

激怒するべきだったのかしら。志摩姫に大嫌いと言われて傷付かなかったのかと言われたら嘘だけれど、それよりも幸成様には裾を踏まれて転んだり、もっといろいろ厳しいことも言われている。もしや耐性がついたのかしら。

でもそれを直接幸成様にお伝えしたら、それこそ激怒どころではなく首が飛ぶわ。

「憧れの志摩姫にお会いできたので、嬉しくて忘れていました」

「はあー、あんたはとてつもなく頭の中がお花畑なんだな。あんなことを言われたら、オレだったら絶対許さない。あの女、璋子様の女房だとしても……」

苛立ちを隠さずに志摩姫の文句を言っている幸成様に、はたと思い立つ。

「あの幸成様。私のことでそのように怒ってくださいまして、ありがとうございます」

「珍しいね、幸成が他人のことで怒るなんて。もしかして、明里ちゃんのこと……」

「はあ!? 全く違う！ 全然違う!! こいつをいじめていいのはオレだけで、それで少し苛立ったというか！」

「ええ？ 『いじめていいのはオレだけ』って何？ それってよくある好きな子に意地悪しちゃうやつ？ ちょっとお兄様に詳しく……」

「ち、違う！ 誤解だ！ おかしなことを言うなっっ！」

最後には真っ赤に頬を染め、涙目になった幸成様に、つい笑んでしまう。

「幸成、駄目だよ。明里ちゃんは僕が口説くんだから！」

ぐいっと肩を抱き寄せられる。

「高成！ ふざけるのもいい加減に——」

「——煩《うるさ》いぞ！ 外まで響いている。さっさと帰れ！」

御簾を乱暴に開けた哲成様に、高成様はぺろりと舌を出して私の肩を抱いたまま駆け出した。

「ちょっと待て、高成！」

慌てたように、幸成様も追ってくる。

あ、綺麗。

走ったら景色が流れて、視界に映る何もかもが輝いて見える。

春日家に来てから何となく霞《かす》んで曇っていた世界が、急に晴れて鮮やかに色づき出した。

辛いことも多いけれど、もう少し頑張りたい。

自然とそんな思いが湧き上がってきていた。

第二章　薄――すすき――

一

「おはようございます、哲成様」

まだ夜も明けていない、ほぼ深夜。私は夜の闇に紛れながら、深々と頭を下げる。

「仕事に行く」

短く告げて、私の横を通りすぎる哲成様の足に、思わずすがりつきたくなる。

「哲成様、少々お時間をいただきたいのですが……」

「貴様に割く時間などない。仕事に遅れる」

「あの、一つだけお聞かせください！　哲成様！」

ぎろりと鋭い瞳で一瞥《いちべつ》されて、身が竦む。

「あ、あの。お召し物が少し乱れております。直しても……？」

本当はこんなことを尋ねたいわけではないのに、お召しになっている束帯があまりに乱れている。袂も裏返っているし、帯もずれたりよれたりしておかしな風になっている。美男子なのに、もったいないくらいズボラ。それが哲成様。

「いい。牛車で直す」

本当ですか？　と問いかける間もなく、哲成様は行ってしまわれた。

昨日も同じような会話をして、お戻りになった際に確認したけれど、全く直した様子はなかった。それよりも……。

体の中の重苦しい感情を吐き出すように、大げさにため息を吐く。

――十日後に、月見の会を屋敷で催す。準備しろ。

そう言われてから、哲成様と全く話ができないまま、八日目を迎えてしまった。

とりあえず会場となるはずの母屋の掃除は終わった。雑仕や下人たちと共に傷んだところの修繕もしたせいで、かなり時間が掛かってしまったのが悔やまれる。

あとはどのような方々がお見えになるのか知りたい……。

それによって、部屋の飾りや色合いを調整しなければならないのに。

哲成様からお話は聞けないし、どなたに尋ねたらいいか――。

「おはよう、明里ちゃん。起きるのが早いねえ」

あくびを噛み殺しながら渡殿を歩いてきたのは、高成様。

蹴鞠の会のあとから、高成様は夜にあまり出歩かなくなった。そのほうが三人を一括で管理できて楽だけど、高成様はどうも夜更かしがお好きみたいで、ふらふらと夜に釣殿に出ては月を眺めてお酒を飲んでいる。恐らく私が灯《あか》りをともしたことで、気になって哲成様が住む西の対まで来てくれたのだろう。

「おはようございます。哲成様とお話ししたかったのですが、取り合ってくださらなくて……」

「哲成は仕事しか頭にないからなあ。こんなに可愛い子が夜中に訪ねてくるだけで、ご褒美なのに……」

その手が、私の髪を梳こうと伸びてくる。さりげなく紙屑《かみくず》が落ちている体でしゃがみこみ、「ゴミが……」と呟くと、高成様はため息交じりに大げさに天を仰いだ。

「あの、高成様、少し教えていただきたいんですが」

「もちろん。明里ちゃんに頼りにされるなんて嬉しいなあ。なんでも聞いてよ」

その言葉にほっと胸を撫で下ろす。

「明後日、哲成様が屋敷で月見の宴《うたげ》を催されるそうです。私、月見の宴というものを実際に知りませんので、教えていただけるとありがたいのですが……」

「明後日ということは十一日目の月だね。それなら単純に、哲成が友人と月を見て酒を飲む会だよ。あまり深く考えなくてもいいと思う。葉月十五日の『観月の宴』は、内裏で盛大にやったけどね。確かその数日後から明里ちゃんが来てくれたんだ」

「あの、今回の宴は、十三夜の月の宴というわけではないのでしょうか」

十三夜月は、満月より二日前の月。膨らみ始めた姿が、古来満月に次いで美しいとされ、よく月見の宴が開かれている。

特に、十五夜の観月の宴の翌月、長月の十三日は、十五夜の月を見たならば、十三夜の月も見ないと片見月だと言われ、よくないことだとされてきた。

「十三夜月は、十五夜と同じく内裏で宴をするだろうから、今回とは関係ないと思って大丈夫だよ」

観月の宴では、内裏で月を見ながら和歌を詠んだり、川や池に船を出し水面に揺れる月を眺めたり、酒宴を催したりしていると噂で聞いている。

「そんなに堅苦しいものではない、ということでしょうか？　さすがに池に船を出すということは――」

「ないない！　池はあるけど、放置しすぎて淀《よど》んでいて草だらけだし、船も屋敷のどこかにあるけど絶対壊れているから途中で沈むよ！」

その様子を想像したのか、高成様は大笑いする。

確かにあの池の中には正直入りたくない。ゆくゆくは手入れしなければならないことを想像すると気が滅入る。

「とにかく身構えなくて大丈夫。ただの酒宴だと思って。でも、わざわざ哲成がこの荒れ切った屋敷に呼ぶんだ。君も気づいていると思うけど、僕らは外にはよく出て行くけれど、絶対に屋敷に誰かを呼ぶことはない。それってどういうことかわかる？」

「え、ええっと……」

「今まで散々雅に疎いって言われ続けてきたけど、いくら僕らだって雅さを重要視する都では、この屋敷に呼ぶ行為は結構致命的なところがあるってわかっているからね。それを鑑みて今までどんなに仲のいい友人から、方違えで泊まりたいと言われても断ってきた。それなのに哲成は君の才能を感じて、わざわざ春日家で月見の会をやると言ったんだ。誘う友人は、よほど大事な客人、なのかもね」

　その言葉に、一気に不安が押し寄せる。

「あの、お越しになるお方のことをご存じでしょうか？」

「ごめん、哲成から特に聞いてないなあ」

　やはり、哲成様に直接お伺いしないと。帝がいらっしゃるはずはないけれど、わざわざ呼ぶということを考えて、哲成様よりも位の高い方を想定しておこう。

　俯いて考え事をしていた私を、高成様はそっと引き寄せる。薄い唇が弧を描き、力強い腕の中に沈みそうになる。

「哲成のことなんてどうでもいいよ。ねえ、明里ちゃん。君は僕の装束を整えてくれた女神だ。あれから皆、僕について噂しているんだって。送られてくる恋文の数もすっごく増えたよ！　でも数々の甘い囁きに揺らぐこともなく、僕は従順に夜も出歩かずに屋敷にいる。その理由はわかる？　僕は君のことを本気で大事にしたいと――」

「ああ、幸成様を起こしにいかなければ。お話はまた今度お聞きしますね」

まだ何か喚いていた高成様を無視して歩き出す。

急に上がってしまった体温に気づかれなくてよかった。高成様に特別な感情を抱いているというわけではなく、男性とほとんど接してこなかった私には、高成様の行動は心臓に悪い。でも百戦錬磨の女性好きな高成様のお言葉は、絶対に真剣に捉えてはいけないわ。

「――幸成様、おはようございます」

高成様とお話ししている間に、山の端から太陽が昇ってきていて、御簾の内に光が差し込んでいる。寝具の上にぼんやりと山ができ、それが微《かす》かに上下しているのが見えた。何度か呼びかけても、応えはない。

「幸成様、失礼いたします」

御簾を巻き上げると、光が房の中に強く差し込んだ。

珍しいわ。幸成様が熟睡されているなんて。いつも大抵一度声を掛けるだけで起きるか、私が声を掛けるよりも先に起きていて、嫌みを言うことが大半なのに。

心配になって覗き込むと、いつもの眉根に皺《しわ》を寄せている顔ではなく、年相応のあどけない顔をしていた。

光がその長いまつ毛に当たって影を作っても、幸成様を目覚めさせることはない。

以前高成様が部屋にいないにもかかわらず声を掛け続けていた私に、幸成様は何かあったらどうするのかと言った。

仕方がないと、勇気を出してその肩に手を添えて揺らす。

「幸成様、朝ですよ」

あまり驚かせてはいけないと耳元で囁いた途端、幸成様は勢いよく瞼《まぶた》を開き、飛び上がるように起きて、傍にあった几帳まで勢いよく引き下がる。思い切り几帳に寄り掛かったことで、派手な音を立てて几帳が倒れ、青い薄絹が幸成様の姿を覆い隠す。

「ゆ、幸成様！　大丈夫ですか？」

慌てて駆け寄り、薄絹を幸成様から剝ぎ取る。

「ななななんで、オレの部屋の中にいるんだよ！」

いつもよりも声が上ずっているのを聞いて、動揺が伝わってくる。

「なぜ、とおっしゃっても……。何度か声をお掛けしても、全く起きなかったので」

「だとしても！　男の部屋だっ！」

「はあ。でも私は春日家の、幸成様の女房ですから。主が仕事に遅刻するなんて、あってはならないことです。それに以前、高成様が不在だった部屋に声を掛け続けていた私に、何かあったらどうするとおっしゃったのは幸成様ですよ。さあ、お支度ください」

淡々と告げる私に、まだ何か言いたいのか、真っ赤な顔で睨みつけてくるけれど、それ以上何かを言ってくることはない。

幸成様がちょっと涙目なところを見ると、感じたことのないものが、心の中に芽生える。もう少し意地悪なことを言ってみたい、とか、そんな浅はかなことを考える。

いつもやられている分、やり返そうかしら、だなんて、私の子供の部分が顔を出す。

「くっそ！　二度と入るな！　あんたみたいな女がオレの部屋に入ったなんて考えると、虫唾が走る！　母上以外の女が入っただなんて、全部汚く思える！」

いつも掃除をしたり、寝具を整えたりしているから、部屋に入っているのに。目ざとい幸成様が、それを知らないとは思えないけれど……。

まだ十五歳。いつもは表の顔と裏の顔をうまく使い分けているようだけれど、今は年相応だわ。

それにしても『母上』。以前も母上以外の女に、と言っているのを聞いたけれど、もしかして幸成様は母上至上主義なお方なのかしら。

以前雑仕たちと話した時にも、お母上様に執着があると言っていたのを思い出す。

騒ぐ幸成様を相手にせず几帳を片付けていると、幸成様が叫んだ。

「あんたなんて、女房らしいことほとんどしてないだろ！　女房失格だ！　今すぐ実家へ帰れ!!」

その言葉にカチンとくる。確かに女房らしい仕事というよりは、掃除や洗濯とか雑仕がやるような仕事ばかりしているけれど。

「わかりました。女房らしい仕事をいたします。幸成様、今すぐお召し物をお脱ぎください」

まだ几帳に埋もれている幸成様の胸の袷に手を掛ける。

「ばっ、馬鹿！　ちょっと、待っ……！」

「女房ですから、主のお着替えを手伝います。今日こそ私が装束を選びますね。ということで脱がせます」

「ままま待って！　謝る！　謝るから！」

どうしましょう。頬を赤く染めて涙目で懇願されると、胸の奥がむずむずする。

いつもすました顔で意地悪なことばかり言う幸成様が、と思うと止まらない。

「駄目です。謝っても聞きません。さあ、お着替え——」

「絶対、駄目だ！」

幸成様は私の腕を摑んで押し返す。簡単に寝具の上に押し倒されて、幸成様は顔を真っ赤にしたまま慌てて部屋を出て行った。

やりすぎてしまった。調子に乗って脱がせようとするなんて馬鹿。ただの痴女だわ。

「でもあの顔、可愛かった……」

幸成様は私よりも年下だし、何となく幸成様についてわかってきて、初めの頃よりは若干打ち解けてきたかなと思ったら、ついふざけすぎてしまった。

今のはどう考えても私が悪かった。あとで謝ろうと心に決め、部屋の片付けを始める。そういえば几帳に掛かっている薄絹、これは夏用の生絹だ。秋めいてきたから、そろそろ冬用の練り絹に替えないと。

哲成様の宴の会場である母屋の几帳も同じように変えようかしら。

そう考えた時、ふと思いつく。

高成様の装束を考えた時、沢山の布を自由に使っていいと言われたから、季節に合ったものを選んで、うまく縫い合わせて几帳にしたら素敵ではないかしら。

哲成様の装束については後回しにして、とりあえず月見の会だということはわかっているから、今回はそれに合うように部屋の内装を凝ってみよう。

思い立ったらすぐに行動したくなって、急いで几帳を片付ける。

幸成様の部屋がある東の対から母屋に行く途中で、幸成様の姿を見つける。

「幸成様、先ほどは申し訳ありませ……」

「——帰ったら殺す」

私の声を遮って、幸成様はさっさと仕事に向かう。

すごくドスの効いた声に、殺気立った顔をしていた。

しまった、本気で怒らせてしまった。

「何かあったの？　幸成は機嫌が悪いといつもあんな感じだし、深く考えちゃ駄目だからね。じゃあ明里ちゃん行ってくるね」

緩く手を振ってくれる高成様に若干の安堵を感じつつ、私は二人の背を見送った。

几帳は土居と呼ばれる台の上に柱を立て、その上に横木をのせて、帷子《かたびら》と呼ばれる絹を掛けたもの。

色や柄は季節によって決まりがあると聞いたことがあるけれど、春日家は内裏ではないし、ある程度の自由は許されるはず。

例の部屋の中で大量の布を引っ張り出して、重ねては違うと別の色を探す。

どうしようかしら。月を観《み》る宴なのだから、月にちなんだ黄色や橙色のような色にするべき？

黄色の布や、黄朽葉、山吹《やまぶき》などの、黄色から橙色を選んで横木の上に掛けてみる。

このような色の組み合わせは明るく見えるし綺麗だけど……。

唸《うな》りながら腕を組む。

「哲成様の雰囲気には合わないのよね……」

姫君の部屋に置く几帳であれば、黄色や橙色は温かみがあっていいかもしれないけれど、哲成様を映えさせるには別の色がいい。

哲成様は艶めく黒髪に、鋭く力強い瞳。顔立ちははっきりとしていて、冷たい印象。

黄色や柑子《こうじ》色のようなパッと華やぐ色よりも、黒や深い紺、青や白のほうが似合いそうだわ。差し色として一部に鮮やかな赤を使ってもお顔が映えるかもしれない。

紺色や黒に近い茶などの布を引っ張り出しては横木に掛ける。

時間を忘れて没頭していると、突然頭の上からわさわさっと大量の布が落ちてくる。

顔を上げるより先に、もう一度頭の上に重みが掛かる。これは——。

「お、おかえりなさいませ。幸成様」

第三弾の布の重しが落ちてくる前に、伸《の》し掛かった布を無理やりどける。

すると案の定、幸成様が大層ご立腹な顔で仁王立ちしていて、座っていた私を見下ろしていた。

「どうしてまだ屋敷にいるんだよ。さっさと実家に帰れと言ったよね？」

「明後日、哲成様から月見の会の準備を任せられておりますので、まだ帰りません」

「ああ。そんなこと言ってたね。あんたに任せた時点で絶対に失敗するよ。哲成は何を考えて……」

幸成様は顳に手を当て、苛立ちを隠さず部屋の中を歩き回る。

「絶対に失敗しないように頑張ります……」

「失敗するよ。この布を几帳に使うって？」

横木に掛けていた濃紺の布を扇で差す。

「はい。その予定ですが……」

「はー……。あんたは阿呆《あほう》の極み。一遍死んだら？」

朝と全く変わりなく、幸成様の機嫌が悪い。むしろ幸成様が纏う気がさらに鋭いものになっているような気がする。

それもこれも己の行動が生んだことだと思うと言い返せない。

「――月見の会が開催されるのは昼？」

その言葉に、頭を石で殴られたような衝撃が襲う。

「……夜です」

「こんな暗い色を選んだら、何色かもよくわからないよね？」

全力の笑顔を向けられて、がっくりと肩が落ちる。幸成様のおっしゃる通りだ。濃紺の几帳にしたら、夜の闇と同化してしまう。たとえ燈台《とうだい》の明かりに照らされても、微妙な色合いまでは見分けられないだろう。

夜の闇と、燈台の明かりの関係を考えるべきだった。

落ち込む私を見下ろして、幸成様はまるで鬼の首を取ったかのようにはしゃいだ笑い声を上げる。このお方は本当に底意地が悪い。

でも、気づかせてくれたことには感謝しなければ。

「幸成様、お教えくださいまして、ありがとうございます。助言を胸に留めて再考いたしますね」

だから早く部屋から出て行ってください、という想《おも》いを暗に込めてにっこりと笑う。

でも幸成様は一向に出て行かず、代わりに心底楽しそうに口角を上げる。

「そういえば、今日有仁に会った時に、明日屋敷に来ると言っていたような……」

「えっ⁉　有仁様が⁉」

ぎょっとして冷たいものが背筋を走る。先日の蹴鞠の会の主催者で、宮中の権力者で後三条帝の孫。しかも権大納言の地位にある泣く子も黙る上級貴族。

しかも雅なことに敏感で、いつも凝った装束をお召しになっていると噂を聞いた。

蹴鞠の会では結局お会いできなかったけれど、有仁様が月見の会に来るなんて絶望しかない。

「あの、もしや皆様は有仁様とご懇意にされているのでしょうか？」

「うん。有仁は哲成の一歳下で、オレたち三兄弟とは家同士が仲良かったから、幼い頃から付き合いがあるね。最近はオレたちが参議の任に就いたことで有仁の部下になったし、正直よく会うね」

私の反応が想像以上だったのか、幸成様は満面の笑みを浮かべている。

高成様は武官。左近衛府《さこんえふ》にお勤めで、参議も兼任され、哲成様と幸成様は文官で参議の任に就いているそう。つまり公私共に有仁様と仲がいいということ。

「有仁様は、お一人でお越しになるのでしょうか……」

「さあ。哲成に確認すれば？　でも一人でも二人でもそれ以上でも、大して変わらないと思うけど？」

目の前が真っ暗になる。確かに、有仁様より高位の方がお越しになるとしたら帝くらいしかいない。有仁様を基準にしたら、何人連れて来ようが同じだ。

「せいぜい頑張れば？　失敗して実家に戻る日を楽しみにしてるけどね」

鼻歌を歌いそうなほど軽やかな足取りで、幸成様は出て行った。

しんと静まり返った部屋の中で、私は愕然《がくぜん》と座り込むしかできなかった。


翌日、月見の会を明日に控えているというのに、案の定哲成様は夜明けとともにさっさと仕事に行き、何も情報を得ることができなかった。

焦ってばかりで空回りしてしまい、全く几帳の色を決められず、気づけば夜も更けてしまっていた。

「――準備は進んでいるのか」

背の高い高燈台に灯りをともし、いくつもの布を横木に掛けて悩み続ける私に、背後から声が掛かる。振り返ると、哲成様が憮然《ぶぜん》とした表情で佇んでいた。

「て、哲成様あ！」

ようやく会いたかった人にお会いできて、気が緩んで情けない声を出してしまう。

哲成様は一瞬目を見張ったような気がしたけれど、すぐにいつもの感情が読めない目に戻る。ここで哲成様を逃がしてしまったら、何も進まない。またどこかに行ってしまわれないように、衝動的にそのがっしりとした腕にすがりつくと、今度こそ哲成様は二、三歩よろけた。

「き、貴様……！」

「どういたしましょう！　月見の会とは一体どういうものなのですか⁉　客人は有仁様なのですか⁉　他にどのような方がいらっしゃいます！　どんな風にしたいとか希望はあるのですか⁉　哲成様の装束、早めに決めたいのですが！」

大慌てで畳みかけるように尋ねると、哲成様は何か得体の知れないものでも見るように、じっと私を観察している。その瞳が興味深げに自分に向けられていることに気づいて、我に返った。

「し、失礼いたしました……」

慌ててすがりついていた腕から手を離すと、頬が一気に熱を持つ。尋ねたいことが多すぎて、我を忘れてしまった。

後悔する私なんてどうでもいいかのように、哲成様は淡々と口を開く。

「月見の会というのは名目で、ただの酒宴だ。深く考えるな。客人は有仁と、他に俺よりも官位の高い人間が一人、低い人間が一人の計三名来る。どのようなものにしたいかなど、どうでもいい。貴様の好きなようにしろ。俺の装束もどうでもいい。ただ奇抜なものはやめろ。以上」

一息で言い切り、哲成様はさっさと退出しようとする。

「お待ちください！　哲成様の装束の件ですが、哲成様より官位の高い方がお二人いらっしゃるとのことなので、束帯にしますか？　それとも布袴《ほうこ》にしますか？」

束帯は内裏に参内する時に着用する標準服で、哲成様は常に束帯姿だ。布袴は束帯の簡略装束で、束帯の袴だけ変えたもの。束帯では公すぎるけれど、直衣《のうし》のような上流貴族の日常着では私的すぎると判断した時に着用するものになる。直衣は狩衣と同じく自由な色彩を楽しめるけれど、今回の客人ではそぐわないかもしれない。

それに束帯や布袴だと、一番上に着る袍の色が官位によって決まっている。哲成様は黒だ。

「なんでもいい。官位は上だが、有仁たちは古くからの友人だ。『ただの酒宴』だと言っただろう。察しろ」

そうは言われても確認させてほしいのに。

私的な会で仲のいい方の集まりならば、束帯や布袴はやりすぎかもしれない。それでも官位の高い方がいらっしゃるのならば、やはり狩衣のようなものではなく直衣にしよう。そうなるとやはりどのような色目にするか考えないと。

「もういいな」

出て行こうとした哲成様に、まだ終わっていないと慌てふためく。

「ちょ、ちょちょっと待ってください！　もう少しお顔を拝見させてください！」

またもや腕にしがみついた私を、哲成様はものすごく険悪な顔で見下ろす。

「貴様。顔を見たいなど、何を馬鹿げたことを言っている」

「お願いです！　少しだけ座っていいてください！」

伸し掛かるようにして、哲成様を座らせる。

哲成様が纏う棘のある気から、ものすごく怒っていることは伝わっている。でもここで哲成様を自由にしたら、さっさと眠ってしまうだろうし、朝になったらそれこそすぐに屋敷を出て行く。もちろん哲成様のお顔はわかるけれど、記憶なんて不確かなことが多いから、実際に布を当てて似合う色を把握しておかなければ。

しかも今は夜。明日の月見の会と同じ状況だ。

「黒、中縹《なかはなだ》、紺青《こんじょう》、瑠璃《るり》……、檜皮《ひはだ》、薄紅、濃赤《こきあか》、白、鳥の子、淡木賊《うすとくさ》、濃紫《こきむらさき》」

「おい、何をしている」

何枚も何枚も、哲成様の肩口に布を当てて、似合う色を選んでいく。

炎の淡い光が衣に当たることを考えて、単は薄紅のような深みのある桃色にすれば、炎の灯りが当たった時、濃蘇芳のような渋みのある赤になる。同じく縹——青色も、紺青のような深みを見せる。

単の上に着る下襲は縹色で引き締めて、一番上に着る袍には、白はどうかしら。襟元にはちらりと濃蘇芳が覗き、袍の下前から縹色の衣を出そう。表は白、裏は縹なら花薄《はなすすき》という秋の色目だし、ちょうどいいかも。

「おい、貴様」

哲成様はどう考えても、清潔感のあるすっきりした印象のほうがいいと思う。

それにいつも哲成様は束帯姿だから黒の装束しか着ない。白の装束は珍しいのではないかしら。

「……、明里！」

突然至近距離で名を呼ばれて、体が震える。見開いた目に映った哲成様は、なぜか私の頬に手を添えていた。

「は……い」

ち、近い。哲成様の黒曜石のような瞳が、淡い炎の光を宿して煌《きら》めく。それを見た途端、体が動かなくなる。

え、え……、ちょっと待って……。

くらっと頭の芯から揺れた時、バチンと鈍い音が響く。少し遅れてじんと頬に痛みが広がった。

「貴様はモノノケに憑《つ》かれているのか。しっかりしろ」

哲成様の両の手は、私の頬を挟んでいる。ぺちぺちと軽く叩かれながら、眉根を寄せた。

「モノノケ……ではありません」

「いや、絶対にモノノケだ。俺の声も耳に入らないなど、モノノケとしか考えられん」

「違います。少し熱中していただけです」

弁明している最中も、哲成様は真顔で私の頬を叩いたりつまんだりしている。

最終的には片手で頬を挟んで揉《も》まれる。

「あの……？」

「貴様の頬は餅だな。柔らかすぎる。これからは餅と呼ぼう」

絶対に馬鹿にされている。ムッとして反射的に唇を結ぶと、ちょうど哲成様の手に力が入って唇を突き出すような変な顔になった。

「哲成様！　ちょっと……」

おやめください、と手を振り払うと、存外簡単に外れる。それもこれも、哲成様が肩を震わせて破顔して、手に力が入らなかったから。

その容赦のない笑顔は、胸を握り潰すような痛みをもたらし、全ての動きを停止させる。時の流れも、私の体の自由も奪うほどの衝撃だった。

「くそっ、笑わせるな！　今の明里の顔が、おかしすぎて……」

ひーひー言いながら、哲成様は笑っている。

耳元で鼓動が大きく鳴っている。息が上がって苦しい。

哲成様が笑っているのを初めて見た。

笑顔になると、雰囲気が別人のように変わるんだ。私が呆然と哲成様を眺めていることに気づいたのか、笑顔のまま私に向かって手を伸ばす。

「これは……、くせになる柔らかさだな」

その指先が私の頬に再度触れそうになった時――。

「――何をしてるんだよ。高成ならともかく、哲成がこんなことを屋敷でするなんて考えてもなかった。ぞっとする！　見てよこの鳥肌を！」

哲成様の手を思い切り掴み、空いた手で自分の袂をまくって喚いたのは、幸成様だった。嫌悪感を隠さずに、哲成様を睨みつける。

「何か用か？」

「別に用はないけど。たまたま母屋を通りかかったら灯りが漏れていたから覗いただけだ。たまたま、だから！　それより何をしているんだよ、と尋ねているんだけど！」

「明里の頬が餅みたいな柔らかさだったのだ。幸成も触ってみろ」

逆に哲成様が幸成様の手を取って、私の頬に無理やり触らせようとする。

「はあ⁉　待っ……！　無理無理無理無理！」

幸成様は急激に顔を赤く染め、声にならない声で叫んでいた。そのような姿を見ると、やはり今朝方のように意地悪したくなる。

それはどうも哲成様も同じみたいで、嫌がる幸成様を押さえつけ、強引に触らせようと仕向けてくる。その姿を見たら、いつの間にか微笑んでいた。

高成様に、哲成様、幸成様。三人とも未知な部分は多いけれど、少しずつ理解できてきたような気がする。

このような兄弟のじゃれあいを間近で見ることができるなんて思わなかったな。しかもいつも仏頂面しか見たことがなかった哲成様と幸成様だ。少しは私に心を許してくれていると思ってもいいのかしら。

「――何をにやにや笑っているんだよ」

冷たい声に目を向けると、幸成様が私を睨みつけている。

「いえ、なんでもありませんよ。さあ、準備を進めますのでご退出してください」

屋敷の主たちがどこにいようと彼らの勝手だけど、時間もないし、気が散るから出て行ってほしい。

有無を言わさないようににっこりと笑むと、二人は無言で退出していった。

さて、哲成様の装束は決まった。次は部屋を整えなければ。

月見の会と名をつけた、ただの酒宴だとおっしゃっていたけれど、月見と謳《うた》っている以上、意識はしなければ。

貴族の月見の会は、直に月を見るだけではなく、水面《みなも》に映る月を眺めたり、杯に注いだお酒に月を映して飲むと聞いたことがある。

間接的な美、というものかしら。

御簾を上げて部屋を出て、縁に出る。すると先ほど出て行ったはずの幸成様が困ったようにうろうろしていた。目が合って、なぜか動揺したように後ずさる。

「幸成様？　何か御用ですか？」

声を掛けて近寄ろうとすると、幸成様が怒鳴るように言い放つ。

「明日は雨だ！　せいぜい苦労することだね！」

雨？　勢いよく空を見上げると、月が昇っていてもいい時間なのに見えない。よく目を凝らすと空が薄い雲に覆われていた。

「あ、雨……」

「帝に聞いた。明日は雨だよ」

「え？　帝にわざわざ聞いてきてくださったんですか？」

胸を張っていた幸成様に尋ねると、みるみるうちに幸成様は顔を赤くする。夜目でもわかるほどだ。

「ちっ、違うっ！　たまたま、たまたま陰陽寮《おんようりょう》の前を通りかかって！　それで嫌がらせに聞いておこうと思って！　でも帝にしか教えられないと言ったから、仕方なく帝に……」

嫌がらせ、なのかしら。たまたまとおっしゃっていたけれど、先ほど装束部屋を覗いてくれたのも、もしかして幸成様なりに心配してくださっていたのかもしれない。

そう思ったら、胸が温かくなる。

「ありがとうございます、幸成様。ご心配してくださって、私、感激しております！」

「心配なんてしてないから！　オレは失敗すればいいと思って！」

「まさかあの幸成様が……。私、あまりに感動して……」

「違うから！　誤解だ！　違うって言ってるだろ！」

幸成様はご自分の気持ちを表現なさることが少し下手なのかも。

今までもそうだったけれど、辛辣な言葉の下に、他人を思いやる言葉を隠し持つ、不器用な主なのだ。

そう思ったら、以前よりも幸成様が苦手だとは思わなくなっていた。

「それより、どうするんだよ！　もし雨が降ったら月は出ないよ！」

「確かに月見というわけにはいきませんね……」

それでも恐らく開催はするだろう。哲成様からは絶対に月を見たいというよりは、ただ友人と集まって飲みたいだけ、というように聞こえた。

でも月が出なければ、水面や杯に映る月を楽しむこともできない。

間接的な美を――。

そう思った瞬間、雷に撃たれたように閃《ひらめ》く。

「そうです……。月がなくてもよいのです。間接的に月を作ってしまえば――」

「はあ？　一体何を……」

「幸成様、ありがとうございます！　素敵な宴になりそうです！」

はしたないとわかっていながら駆け出す。大丈夫。成功できる。

まずは衣類の皺を伸ばすために使われる、火熨斗《ひのし》が必要だわ！

二

昨夜《ゆうべ》、幸成様がおっしゃった通り、しとしとと柔らかい雨音が世界を包んでいる。

「――失礼いたします」

うまく色が出るように、哲成様の胸元の袷を微調整しながら着付けていく。

嫌がるかと思ったけれど、案外すんなりと哲成様は着替えの手伝いを許可してくれた。身長差に少し手間取りながらも、昨日考えた花薄の重で着付けていく。

「雨だな」

「そうですね……。月は見えないでしょうね」

「ただの酒宴だな」

遠い目で哲成様は雨を受ける庭先を眺めている。

「袍は白か——。あまり着たことがない色だ。正直好きではない」

「そうでしょうか。私はよくお似合いだと思います」

やはり哲成様は清潔感のある色彩のほうがよく似合う。

白の袍の下から覗く出衣《いだしぎぬ》の長さを調整していると、哲成様は私の頬をつまむ。

「餅だな」

「邪魔なのでおやめください」

そう言ってもやめてくれない。しばらく無視したまま作業を進めていたけれど、聞いてみたいことがあって、静かに口を開く。

「あの哲成様。一つお伺いしてもよろしいでしょうか」

「何だ」

「なぜ急に屋敷で月見の会をすることになったのですか？　今まで人を呼ぶようなことは一切なかったと高成様からお聞きしました」

尋ねると、哲成様は私の頬をつまむ手を止め、水紋で揺れる池を眺める。

「有仁の願いだ。高成の狩衣を見て、たまには春日家に行きたいと言ってきた」

「今まで帝の要請でも誰かを屋敷に入れなかったとお聞きしましたが、有仁様の願いなら叶《かな》えるのですか？」

「『高成の狩衣を見て』と言っただろう。有仁の目的は月見ではなく、――貴様だ」

淡々とした低い声が、私の上に降ってくる。

「有仁は無類の装束好きで、有仁の装束は貴族たちの手本となるほどの男だ。貴様の色使いが才能なのか偶然なのか、有仁は推し量っているのだろう」

だからわざわざ春日家で月見の会をしたいと言ったのか。

「あの、有仁様は哲成様にとってどのような存在なのでしょうか」

尋ねると、哲成様の目が私に向く。

「なぜ貴様にそのようなことを答えなければならない」

「え、ええっと……。ご友人であるのか、それとも上司であるのか、それによって私の対応も変わってくるような気がしまして……」

強い視線に、うまく言葉が出ずしどろもどろになる。

「対応も変わってくる？　貴様にとって有仁は、《帝直系の上級貴族》でしかないだろう。どう対応が変わるんだ」

言葉の鋭さに、怯《ひる》みそうになる。

「確かに有仁様は私にとっては関わることもない上級貴族の方ですが、たとえば哲成様にとってご友人であるならば、今日のお召し物は直衣ではなく、もっと気軽な狩衣でも良いかと思います。でも上司であるならば、束帯や布袴のようなきっちりした装束を用意するべきなのです。今哲成様と有仁様のご関係を把握しておけば、この先哲成様を煩わせることなくお召し物のご用意もできると思いました。聞く限り、皆様は有仁様とご懇意にしていらっしゃるご様子なので、またこのような機会があるような気がします。だからご関係を知ることで対応も変わってくると申し上げました」

ほんの少し、哲成様は目を見張る。けれどすぐに鋭い視線を私に向けた。目が合って逸らしたくなるけれど、ぐっと堪える。

「――哲成様を煩わせる前に、自分で考えて先回りをして仕事をしたいだけです。そのために、哲成様の最低限の情報を教えてほしいのですが……」

じっと見つめ合うと、ピリッとした緊張感に全身が包まれる。

哲成様は面倒くさいことや煩わしいことが嫌いだ。それは普段の装束の着方からも伝わってくるし、仕事以外で私と話すことも面倒だと思っているのも伝わってくる。

それは今回全然話を聞かせてもらえなかったことや、直前までほとんど月見の会について教えてもらえなかったからよくわかった。この先もこのようなことがあるならば、最低限の情報だけでも最善を尽くせるようになりたい。

「――なるほど。明里の仕事に対する姿勢は、俺好みだ」

「え？」

「今まで屋敷に来た女房たちは皆、色恋の話だとか、口説いてきたりと、くだらないことばかりずっと話していて苛立った。自分の仕事が何か理解せず、甘えたことばかりだった。俺がほしいのは俺の邪魔をせずに俺に尽くす女房。それだけだ」

ふっと哲成様が目元を緩ませて笑んでいた。

張りつめた空気が急に柔らかくなる。

「それに明里は来た早々から、扇や袂で顔を隠すのをやめたな」

それは、幸成様に晒してしまったから諦めたのだけれど。

「今までの女房たちは、目の前の仕事よりも顔を隠すことのほうが重要だった。俺から見れば、その行為は非常に不快なものだ。俺は何よりも《仕事ができる》ことを求めている。それは無論、己にもだがな」

哲成様が誰よりも仕事人間だということは、しばらく見ていてよくわかっている。

ここに働きに来る女房たちは、下級や中級だけれど貴族の娘。その矜持《きょうじ》から殿方に顔を晒すことはできないと思うのも無理もない。私も初めはそう思っていたし。

でも哲成様は顔を晒すことを、はしたない、のではなく、好ましい、と思っているようだ。晒してしまった時は落ち込んだけれど、何が幸運かわからないわ。

「……哲成様が、女房に仕事ができることを望まれるのなら、そのように尽くしたいと思います。ですが、何の情報もないままでは何もできません。私の仕事に対する姿勢を好ましいと思っていただけるのなら、哲成様のことをもっと教えてください」

「わかった。必要な時に必要なだけ話そう。今は有仁の話だったな。有仁は友人、と言っただろう」

「はい。あの、幼少期から仲がいいとお聞きしましたが、ご兄弟全員もですか？」

「そうだな。有仁も俺たちも、父親が帝に仕えていたこともあって、よく遊んだ。今、俺は仕事での付き合いのほうが多いが、たまに私的に会う。高成は仕事よりも私的によく会っているようだ。幸成は俺と同じく仕事での付き合いが多いな。有仁よりも年下だから遠慮してか私的に会うことはないようだ」

なるほど。何となく三兄弟と有仁様のご関係が理解できた。

「ありがとうございます。あの、先ほど今日の月見の目的が私だとおっしゃいましたが、それを知りながら哲成様が有仁様の申し出を受けたのはなぜでしょうか……？

友情によるものですか？」

「いやそんなものではなく、本音を言えば、俺は俺のために有仁の申し出を受けた」

「ご自分のために……？」

　思ってもみない言葉に、首を傾げる。

「ああ。俺は正直、装束が何なのか、色目がどうかとか全く興味がない。だが明里が『信頼できる女房』なのか、判断するのにいい機会だと思った。もしも有仁が明里を認めるなら、俺も安心して明里に任せられる」

　才能。志摩姫の言葉を思い出す。私に色目の才能があるのかないのか。それは正直私自身も知りたい。

　それに女房としてこの先も働いていくのならば、『雅』からは切っても切り離せない。

「任せられる、ということは……、任せたい、と思ってくださっていると思っても？」

　じっと哲成様を見つめると、その唇が弧を描き深く微笑んでくれた。

「今のところはな。今まで何十人と女房が屋敷にやってきたが、俺がこんなに長く話した女房は明里が初めてだ。それは誇っていいぞ」

すとんと哲成様の言葉が胸に落ち、じわじわと熱が生まれる。でも――。

「これで失格になれば、今すぐにでも実家に帰れ。明里など必要ない」

冷たい声音に、石を抱えたように体が重くなる。

「どうした。怖気《おじけ》づいたか？」

その言葉に勢いよく顔を上げた。

「私が女房として自信を持って働くために、また、哲成様や他の皆様方が安心して私に任せてくださるために、有仁様のお墨付きがほしい。哲成様の話を聞いて、そう思いました。だから今回のことは皆様に認められる好機と捉えます。絶対に認められたいから、私は立ち向かいます」

部屋の中に私の声が思ったよりも力強く響き、哲成様は目元を緩めて大きく頷く。

「なるほど。明里はこれを好機と見るのか」

「はい。今すぐ実家に帰るつもりなんて私には毛頭ございませんから」

この試練を乗り越えなければ、我が家はこの冬を越せずに凍死する。絶対に三か月間勤めあげて、報酬をいただいて屋根の修理をしなければ！

気合を入れた私に、哲成様の瞳が輝いたような気がした。さっきまで哲成様が纏っていた棘が、突然消える。

その変化に気づいた時、哲成様は私に向かって満面の笑みを見せた。

「よく言った！　まっすぐに立ち向かう女は好きだ。そこまで腹がきまっているのならば、有仁のお墨付きをもらって、さっさと俺の正式な女房になれ！」

「は、はいっ！」

その笑顔、破壊力抜群すぎる。一瞬でいろんなことが頭から吹き飛んでしまった。

残ったのは、このお方は私の主なのだという想い。

今までぼんやりとしていた哲成様が、月見の会を通してはっきりと見えてきた。

このお方に尽くすためにも、今は目前のことに集中しよう。

いざ出陣！　そんな掛け声を頭の中で鳴らして、私と哲成様は有仁様たちを迎えるために意気揚々と部屋を飛び出した。


「——なるほど。貴女が明里殿。三兄弟からお噂は常々お聞きしております」

雨の中、わざわざやってきた客人を迎えた私の前で、そのお方は悠々と沓《くつ》を脱ぎ、屋敷に上がる。

「初めまして。鷹栖明里と申します。しばらく前から春日家で女房としてお世話になっております」

「お聞き及びだと思いますが、わたしは源有仁と申します。どうぞお見知りおきを」

りりしい眉に不思議な引力がある三白眼。哲成様よりも一歳年下だとお聞きしたけれど、目が大きいせいか実年齢よりも若く見える。

有仁様は私に向かって微笑んでくれたけれど、目が笑っていない。訪れた時からすでに、有仁様はさりげなく周囲に目配りしている。すでに戦いは始まっていて、雅であるかどうか確認している姿に、怯みそうになる。

「これはわたしの私的な随身《ずいじん》です。傍に控えさせてもらいますが、お気になさらず」

随身というのは、貴人の警護を任せられている従者のこと。

有仁様の後ろから姿を現したのは、息を飲むような美しい少年だった。深く頭を下げ俯いているせいで細かい部分まではわからないけれど、それでも美しいとわかる。

「有仁！　よく来てくれたね」

「おや、高成。君が夜に屋敷にいるなんて考えてもいませんでしたよ」

「最近はちょっと思うところがあってね。夜でも屋敷にいるよ」

高成様が飛び跳ねながら有仁様に駆け寄る。お二人はとても仲がよさそうだ。

「有仁、来たんだ。雨の日にわざわざ我が家に来るなんて思わなかったけど」

姿を見せた幸成様は裏の顔だ。それがまた有仁様と仲がいいことを物語っていた。

「やあ、幸成。せっかくだから来てしまいました。ああ、そうだ。この雨で今日伺うはずだった者がやはり来ることができないそうで。哲成と二人きりの宴でもいいですが、屋敷にいるのならば是非高成と幸成も同席してほしいですね」

有仁様の要望に、高成様と幸成様が頷く。有仁様はお二人に対して敬語を崩さない。それは疎遠だからというわけではなく、恐らく誰に対してもこのようなのだろう。ゆったりと優雅。それが私の、有仁様に対する第一印象だった。

「それより、有仁の新しい随身？　散所《さんじょ》随身なの？　近衛府《このえふ》所属の随身なら、君みたいな女性受けのよさそうな男を僕が見逃すはずがないんだけど。ねえ、君は女性から山のように文をもらうでしょ。僕としてはどうも危機感を感じるね」

散所随身というのは、貴人が私的に召し出した随身のこと。他に近衛府に所属し、帝や上皇の護衛を務める随身たちもいる。

美しい随身の男性を、高成様は警戒心丸出しで遠慮なく眺めている。男性は、困ったように笑っただけだった。それがまた儚《はかな》くて目を離すことができない。

それにしても元服したばかりかしら。冠の左右につけられた半円放射状の緌《おいかけ》で目元はよく見えないけれど、口元や顎から喉にかけての線なんて、少年そのものだわ。

あまり高くない身長も、華奢《きゃしゃ》な指先も、まるで綻びかけた花の蕾《つぼみ》を眺めているようで、ため息を吐きたくなる。

 つい、彼が纏う装束に目が行くと、随身が着用する褐衣《かちえ》を着ていた。褐衣は狩衣によく似ているけれど、狩衣と違って実働的な面が重視され、肩の部分は縫い越されており、細身の袴を穿く。何かあった時に、真っ先に主を守るための装束なのだ。

近衛府に所属している随身の方は左近衛府、右近衛府《うこんえふ》ごとに、袴の色や衣を分けたり、蛮絵と呼ばれる紋を描き分けるので、彼らが集まる行幸や祭りはとても華やかだ。

「わたしの私的な随身だから、近衛府に所属はしていない散所随身ですよ」

なるほど、だからとても鮮やかな褐衣をお召しになっているのね。

本来なら随身は正式な武官だから、袍の色は官位に合わせて濃縹と決まっている。でも、私的な随身となると主人の好みが反映される。夜なので色目まではっきりとわからないけれど、彼が纏っている褐衣は、表が萌黄《もえぎ》の黄緑に、裏が蘇芳の赤かしら。緑の葉の下に隠れているのは紅葉の赤。秋が次第に深まりつつある今の季節にぴったり。さすが有仁様。すごく雅だわ。

「この男は、実はほんの数日前にわたしの随身にしました。今日は連れて来ようか迷いましたが、懇意にしている春日家での月見の会だから後学のために連れてきたのです。明里殿、もしよければ酒宴の最中、彼の相手をしてあげてくれませんか？」

「ええ？ 何を言っているの？ 明里ちゃんが相手だなんて、そんなの絶対に許さないんだけど」

「そうだよ。有仁の大事な随身の相手ができるほど、こいつは賢くないから」

私が何か言うより先に、高成様と幸成様が拒否している。

もしやお二人の私に対する評価は、信用がない、かしら。

ひやひやしていると、有仁様がやれやれ、と嘆息する。

「では、彼は玄関先で待たせてもらいます。二人とも、それでよろしいですか？」

「もちろんだよ！ じゃあ明里ちゃん有仁を案内してよ」

高成様はいつも通りの満面の笑みを見せて、私を促す。

「はい……。それではご案内いたします」

有仁様のあとに高成様と幸成様がついてくる。私は高燈台を持ちながらゆったりと歩き出した。縁は吹き込んだ雨で濡《ぬ》れているから庇《ひさし》を通り、高燈台に灯《とも》した炎が消えてしまわないように慎重に歩を進める。母屋に差し掛かった時、妻戸の傍に哲成様が待っていた。

「――なるほど」

背後から手を打つ音が響く。

「やあ、哲成。よい装束ですね」

「有仁。雨の中よく来てくれた」

「君は白が非常に映えます。赤もいい。縹の出衣も差し色で効いておりますね」

褒められている？　賞賛の言葉は並んでいるけれど、まだ目が笑っていない。

「明里殿。『なかなか』です」

——こんなものか。

そんな言葉が含まれているのを感じて、ごくりと唾を飲み込む。

哲成が黒以外の色を纏うのは意外性があっていいけれど、それまで、と聞こえてきそうだ。

やはり有仁様は容赦がない。

手足の先から熱が失われ、うまく動かなくなる。

——どうした。怖気づいたか？

不意に哲成様の言葉が甦《よみがえ》り、背筋を正す。いえ、まだこれからです。

「どうぞ、お入りください」

有仁様を導いて、部屋に入る。上座に座った有仁様の向かい側に哲成様が座り、有仁様の横に高成様、哲成様の横に幸成様が座る。

有仁様は隣に置かれた几帳に目を向けて首を傾げた。

「几帳は黒、ですか。いや、濃紺？　どのみち夜目ではよくわからないですね」

幸成様が項垂《うなだ》れる。忠告しただろう、暗い色の几帳にしたら色なんてわからなくなる、と喚く声が聞こえてくるよう。

有仁様は期待して損したとでもいうように、露骨に肩を落とす。

「有仁。酒だ、飲め」

「あ、ああ。いただきますね」

哲成様が有仁様に杯を持たせてお酒を勧める。私は高燈台を持ちながら、部屋の隅で揺らめいていた灯りを順番に消していく。ほんの少し暗くなっていくのに気づいているのかいないのか、有仁様は注がれるお酒に視線を向けている。

そして私は高杯《たかつき》と呼ばれる小さな台の上に火種を入れた皿を置く、それを濃紺の几帳の前に置き、高燈台から火を分ける。

お酒が注ぎ終わる頃を見計らって高燈台の炎を消すと、部屋の中の灯りは、高杯の上で揺らめく炎、一つだけになった。それをそっと几帳に寄せて置く。

仄かな明かりが自分の持つ杯の中に映り込んだことに気づいた有仁様がふむと頷いて杯を仰ぐ。

「雨で月が出ない代わりに、灯りを月に見立てる、ですか。なるほど、なるほ……」

几帳の傍にいた私に目を向けた有仁様が、口を開けたままこちらを見ている。

「これは……、まるで……」

「舟遊びをしているようだな」

言葉が落ちない有仁様の代わりに、哲成様が呟く。

つるんとした几帳の布に、火熨斗で折り目をいくつもつけて、凹凸を作った。

さらに凹凸に緩急を作るために、適当に糸で縫ったり吊ったりした。

そのような生地に下から灯りを当てると、影を生み、まるで波間のように見える。

「本日は残念ながら雨ですので、せめて室内で月見を楽しんでいただこうと思いました。布に折り目をつけて吊るし、床に光源を置くと、まるで月光が水面に当たって道を作り、揺らめく様《さま》には見えませんか？」

「なるほど……。几帳の一部分に折り目をつけているのですね。炎を月、几帳を水面に見立てているのですか。炎が揺れると凹凸が生み出した影も揺れ、まるで水が揺れてさざ波が起こっているように見えますね」

あえて黒の布を選んで几帳にしたのも、夜の水面を表現するため。幸成様が助言してくださったおかげで濃い色のほうが夜の深い闇のようになると気づいたから。

黒は黒でも、光が当たる部分は明るい黒、影の部分はさらに深い黒になる。色というのは不思議で、光の当たり具合や、光源の向き、その位置によって全く異なった顔を見せてくれる。

ぽかんと口を開け、几帳に見入っていた有仁様は、興奮したように手を叩く。

「素晴らしい月見です。わたしは今、感動しています。なあ、哲成……」

几帳から哲成様に目を向けた有仁様は再度動きを止めた。そしてしばらく哲成様を眺めたあと、肩を震わせてくつくつと笑い出す。

「……なるほど。だから白の装束を選んだのですね。光が当たって哲成が金に発光して見える。まるで『竹取物語』に登場する、月に住む天人のようです。哲成も最早《もはや》、月見の一部ということですか」

この部屋の中で白の装束を着ているのは哲成様だけ。几帳も黒で光源は一つ。白は光を反射する。正直、有仁様がどのような色目の装束でお越しになるかわからなかった。白だったらどうしようかと思ったけれど、有仁様は、表は薄紫、裏は青——つまり緑で、萩《はぎ》の花を連想させる色目の装束だった。

いいえ。もし有仁様が白の装束をお召しだとしても、『天人』が一人増えるだけ。有仁様も月見の一部になるから構わない。

「それでは良き月見を――」

深く頭を下げて退出する。自分の部屋に入ると、急に膝から力が抜けてへたり込む。

「き、緊張した……」

詰めていた息を深く吐く。一応成功したのかしら。

私、有仁様に認めてもらえた？

「――やっぱり腹が立つ」

そんな声が縁から響き、息を飲む。顔を上げるとそこには一人の男性が佇んでいた。

もしかして有仁様の随身の方かしら。夜の闇が顔を隠し、誰なのか判然としない。

でもその声と言葉に聞き覚えがすごくある。

「あたし、あんただけには負けたくない。あんたの才能にものすごく嫉妬してる」

有仁様が連れてきた随身が遠慮なくずかずかと部屋に入ってきて、へたり込んだ私の胸倉を掴み、無理やり顔を上げさせられる。至近距離に迫った大きな猫目は見覚えがあった。

「志摩姫……？」

小さな声で尋ねると、そのお方は大きく頷いた。

「絶対に明里に負けないから！」

「ま、負けないとは……」

「明里以上に、雅さを極めてみせるってこと！　あんたはあたしの好敵手《ライバル》よ！」

言葉が矢になって私の胸を貫く。

憧れの志摩姫が、私のことを好敵手だなんて、信じられない。戸惑いはしたけれど、すぐに胸の中を占めたのは高揚感だった。

「ありがとうございます！　志摩姫にそんなことをおっしゃっていただけるなんて、私、とても嬉しいです！」

涙ぐんだ私に、志摩姫は気勢を殺《そ》がれたようにきょとんとしている。

「私、春日家に働きに来るまでは、都の片隅で暮らしておりました。下級貴族の娘なので、志摩姫のことは噂で伝え聞くだけでしたが、志摩姫の雅さに心を躍らせておりました。そんな憧れの志摩姫の視界に入る日が来て、しかも好敵手だなんて……。それだけで春日家に働きに来たかいがありました。これからも頑張ります！」

声を弾ませると、志摩姫はがっくりと項垂れる。「何なのこの子……」と呟いていた。

「あの……、どうして男装なさっているんですか？」

「いろいろと面倒だからよ。ちなみにこれはあたしが考えた色目だから！」

「ええ？　有仁様が考えたと思いました。すごく雅です」

　私が大きく拍手すると、志摩姫は口元をほんの少し緩めた。

「でしょ？　どうせ男装するんだったら、自分好みに褐衣を誂えてやろうと思ったの。あんな濃縹の暗い袍なんて顔が暗く見えるから絶対着たくないし」

　志摩姫らしい言い方に、思わず声を上げて笑うと、志摩姫は満足げに胸を張る。

「あたしは元々伊勢《いせ》の近くの志摩《しま》に住んでいたの。だから志摩姫と呼ばれているけれど、志摩にいた時はこんな姫君の決まりとか関係なく出歩いていたし、好きな装束を着て、自由に過ごしていたの。いろいろあって都に来たら、姫君は屋敷から出るなとか言われて、本当に嫌になっちゃう。だから病弱で伏せっているふりをして、男装して外に繰り出すのよ」

　なるほど。その気持ちは何となくわかるかもしれない。私は家が貧乏で雑仕も雇えなかったから自ら市に行って買い出ししたりしていたけれど、急に屋敷に閉じ込められるような生活になったら息が詰まるかも。

「そういう経緯で男装を……。あの、志摩姫の男装、ものすごく似合っています！そこら辺の男性よりもずっと素敵です！」

「え、そ、そうかしら……」

志摩姫は照れ臭そうに鼻の頭を掻く。口元は緩んでいた。

か、可愛らしい……。やはり志摩姫は私の憧れだわ。

じっと見つめている私に気づいた志摩姫は、とにかく！　と叫んだ。

「有仁から春日家に月見に行くと聞いたから、男装してついてきたわけ！」

「それは、有仁様は志摩姫が男装していることもご存じなのですか？」

「全部知っているわ。有仁はあたしの味方なの。まあ友人であり下僕だけど」

なぜ有仁様が志摩姫の味方なのだろう。

有仁様は後三条院の孫という帝に連なるお方。そのような方とご懇意にされている
なんて、志摩姫は一体……？

心の中で疑問は膨らむけれど、伊勢から京に来た事情を志摩姫が《いろいろあっ
て》と一括りにまとめたことに、まだ私たちの間の壁は厚いように思えて、気軽に尋
ねることはできなかった。

「とにかく、あんたのことがどうしても気になって春日家に忍んで来たの！　しかも
このあたしがこそこそ隠れて、月見の会を盗み見ていたのよ！」

「あら……。姫君のお姿でいらっしゃったら、隠れなくてもよかったのに」

「あのねえ。高成様がいちいち煩わしいでしょ。あたしはそういうの大嫌いなの！」

志摩姫は様々な男性に言い寄られていると噂で聞く。こんなに美しいのだもの。無理もない。でも、かぐや姫のように片っ端からお誘いを断っているらしい。

男性が苦手なのかしら。

「とにかく、あんたはあたしの好敵手なの！　覚えておいて！　今度どちらが雅な装束を考えつくか、勝負するわよ！」

力強く言い放って、志摩姫は部屋から出て行く。

嵐みたいな人。でも志摩姫と関わりを持つことができるなんて、嬉しすぎて、体が宙に浮いているみたいだわ。

何となく風向きが変わったのかもしれない。

今まではずっと向かい風だったけれど、追い風が吹いているような気がした。

第三章　恋文――こいぶみ――

一

「本日のお召し物は、月草《つきくさ》の重にいたしました。表は縹、裏は薄縹の渋みのある青の装束ですよ」

「何でもいい。着せろ」

哲成様は月見の会、高成様は蹴鞠の会のあとから、毎日出仕する時の装束を私に選ばせてくれるようになった。本来なら内裏へ出仕するには束帯で行くことになっているが、三兄弟は帝の覚えもよく、直衣で出仕するのを許されているそうだ。

直衣は自由な色彩の袍を着ることができるから、すごく楽しい。この月草の重も、絶対に哲成様にお似合いになる。

「楽しそうだな」

胸元の袷の色が綺麗に出るように調節していると、そんな言葉が降ってくる。顔を上げると、哲成様が私を見下ろしていた。

「はい、楽しいです！　ありがとうございます。私に装束を任せてくださって」

「礼を言われることではない。貴様が選んだものを着ていると、なぜか朝議でも俺の要求がすんなり通る。それに一日動き回っていても着崩れないからな」

めちゃくちゃに装束を着ていた哲成様を思い出す。

「着付けにコツがあるんですよ。よろしければお教えしますが」

「……いや、いい。明里がいるのなら、覚えても無駄だ」

その言葉に、目を瞬《まばた》く。それってこれからも私に任せてくださるということかしら。

嬉しさにゆるゆる上がる頬を、哲成様がそっと撫でる。

「お、やめください！　くすぐったいです」

指の腹で撫でられると、何とも言えずこそばゆい。逃げる私の腕を掴み、「しっかり着せろ」と真顔で哲成様が注意する。そう言われても――。

「――ちょっと。何やってんの？」

地獄の底から響き渡るドスの効いた声に、ようやく哲成様は手を止めた。

目を向けると、鬼の形相で今にも御簾を引きちぎりそうな幸成様の姿があった。

「……いや、別に」

相変わらず真顔のまま、哲成様はさっさと行けと幸成様を追いやろうとする。

「ほんとやめてよね！　前にも言ったけれど、高成ならともかく哲成まで女房に手を出さないでよ！　今すぐ約束して！」

「手は出して……、いや出ていたか。約束はしないし、しても守るつもりもない」

「はあ⁉　何言ってるの⁉　頭腐ってるよ⁉」

顔を真っ赤にして怒る幸成様は、今にも卒倒しそうでハラハラする。

「明里の頬をつまむのは、最早俺の日課だ。それをやめるのは無理だ」

「──は、はあああ⁉」

怒髪天を衝いた幸成様は、何か怒鳴り散らしていたけれど、言葉にならず全く聞き取れない。

最終的に幸成様が傍にあった物を投げ始めるという暴挙に出た頃、高成様がふらりと姿を現す。

「ちょっと……。朝から何なの？　煩くて起きちゃったんだけど」

「い、いえ……。他愛のないことです。申し訳ありません」

説明するのも恥ずかしくて言い淀むと、高成様は私の肩を抱く。

「そう。じゃあ二人は放っておいて、もう一回寝るから明里ちゃん添い寝してよ」

あまりに華麗に、高成様は私を抱え上げて歩き出す。拒否する間もなく、部屋を出ようとした高成様の頭に、座る時に敷く円座が当たった。

高成様は笑顔のまま私を部屋の隅に下ろしたあと、円座を幸成様に向かって全力で投げ返す。

ああ、もう……。まさかこんな大惨事になるなんて。このあとここを片付けるのは間違いなく私だ。こうなったら哲成様の部屋の几帳、全て取り換えて雰囲気も変えようかしら。騒動が終わりを迎えるまで、部屋の隅でそんなことを考えていた。

「――哲成様、おかえりなさいませ」

夜、仕事から帰ってきた哲成様を迎える。

「ああ。部屋は片付いたか？」

「はい。何とか……」

朝の大惨事のあと、全員何事もなかったように仕事に行った。そのあとに大掃除をし、つい先ほど終わったところだ。

「あの、文が大量に届いておりましたので、部屋に置かせてもらいました」

「わかった。確認する」

部屋の前までお送りして、離れようとした時、哲成様に呼び止められる。

一礼して部屋に入ると、哲成様は文机《ふづくえ》に置かれた文を見ていた。

「何だ。この文の山は」

「何だとおっしゃられましても……。こちらは左大臣の二の姫様から。こちらは先帝の姫君、こちらの趣のある文は明石《あかし》の姫君……」

「もういい。全部捨てろ」

哲成様は素っ気なく言い放つ。

「捨てろとは……。あの、これ全て恋文ですよ？　読まなくてよろしいのですか？」

「いらん。捨てろ」

「お待ちください。お返事は書かれたほうが……」

姫君たちの想いの籠もった手紙を読まずに捨てろ、だなんて——。

無言で見つめる私に気づいたのか、哲成様はやれやれと頭を振る。

「いいか？　この俺が女の文を読んで、喜んで返事を書くように見えるか？」

「いいえ。見えません……」

即答すると、哲成様は「そうだろう」と頷く。

「高成なら喜んで飛び上がるだろうけどな」

そのお言葉通り、先ほど高成様に文をお届けしたら飛び上がって喜んでいた。

「女の文と仕事に必要な文を仕分けて、仕事の文だけ持ってこい」

「それは送り主がどなたか判断できなかった場合、私が中身を拝見してもよろしいのですか？」

「――いい。とりあえず今ここで仕分けて、仕事の文だけ置いていけ」

ふいっと哲成様は顔を背けた。

哲成様が私を信頼してくださっている。今の一言でそれを実感して胸が熱くなる。

ここ最近姫君からの文が、哲成様と高成様宛てに沢山届くようになった。

雑仕や下人たちからも、最近都でお二人が素敵だと噂になっていると教えてもらった。

この文の山を見ると嬉しくなる。私が選ぶ装束で皆様の魅力を少しでも引き出せているのかも、と思うと、もっともっと彼らを素敵にしたいという欲が出てくる。

ただ、幸成様だけはまだ装束を選ばせてもらえない。

幸成様ともう少し信頼関係を構築したいと思うけれど、相変わらず意地悪ばかりで心を開いてくださらない。私もついやり返してしまうことが多く、それも悪いと自分でわかっている。

長月も後半に入り秋が深くなって、少しずつ肌寒さが増してきた。

幸成様なら秋にはこの色が似合いそうだとか、頭の中にいろいろ浮かんでくる。できたら幸成様の装束もご用意させていただきたいのに。

「明里」

呼ばれて顔を上げると、哲成様が部屋の中を眺めている。

「雑多なものは整理したのか。無駄がない、いい部屋になった。俺好みの部屋だ」

喜んでくださっていることを感じて、疲労感なんて一気に消えていく。

「ホッとしました。仕事でよく使いそうなものや資料などはあちらの棚に、細かいものは箱に分類して入れてありますので」

哲成様が頷いて微笑んでくださった。それだけでもう一気に有頂天になる。文を仕分けする手も、一気に速くなる。

「——あら？」

無意識に声を上げると、哲成様が顔を上げた。

「どうした？」

「こちら有仁様からの文のようですが……」

「俺宛てか？」

哲成様が私の手から文を奪う。そうして思い切り眉を顰《ひそ》めた。

「あの、私に、のようです。すみません、混ざっていたようです。お返しく……」

「読むな。あいつ……」

ぐしゃっと丸めて、哲成様が袂に突っ込む。衣を何枚か重ねて着ているから、袂に入れた物は行方不明になるからやめてほしいのに。そのまま洗ってしまわないように注意しておかないと。

「短い文でしたので、すでに大半を読みました。なので――」

返してくださいと言おうとしたのに、哲成様は聞く耳を持たず、完全に無視。

有仁様の文の内容は、先日の月見の会のお礼と、お褒めのお言葉。そして何か和歌が書かれていた。

ほんの少しの文章で、言葉運びが非常に雅であるのはすごく伝わってきた。

さすが有仁様だわ。私も見習いたいから、しっかり読みたいのに。

「返事は書くな。いいな？」

「え、でもそれは無礼に当たると……」

「絶対に書くな。いいな？」

強く念を押される。あまりに鋭い声音に渋々ながら頷いた。

「ねえ、明里ちゃん。ちょっと話があるんだけど」

夕餉《ゆうげ》を召し上がる際の手伝いで、三兄弟の傍に控えていた時、高成様から声を掛けられた。どこか怒っているような声に、肝が冷える。

基本的に高成様は穏やかなお方だから、怒るなんて相当のことだ。

どうしましょう。何か粗相をしてしまったのかしら。

「――有仁から文が届いたって哲成から聞いたんだけど、どういうこと⁉」

不服そうな顔をした高成様がそう言い放つと同時に、幸成様が盛大にむせる。

「大丈夫ですか⁉　今白湯を……」

「い、いらない！　有仁から文って、一体どういうことなんだよ⁉」

むせながらも幸成様が椀《わん》を乱暴に置く。汁物が零《こぼ》れたから拭こうとすると、高成様が私の腕を摑んだ。

「幸成の言う通り、一体どういうこと？」

「え……えっと、文が届いたのは確かですけど、半分ほど読んだところで哲成様に奪われてしまって……。単に月見の会のお礼とお褒めのお言葉だったように思います」

ちらりと哲成様に目を向けると、涼しい顔で夕餉を召し上がっている。

「あのね、君は知らないから教えてあげるけれど、有仁は僕と同じだ」

「同じ？」

「そう。僕は恋をしたら身分の上下なんてどうでもいいと思ってる。姫君が美しくて愛らしければ、それがこの世の理《ことわり》になるんだよ。いいなと思ったら、文を山のように送って、難攻不落の城を陥落させるんだ」

「はあ……」

どうして恋の話になるのかわからず気のない返事をすると、高成様はため息を吐く。

「わからないならいい。でも君は春日家の女房だよ。有仁なんかに靡《なび》いちゃ駄目だ」

単なるお礼のお手紙をいただいただけだと思ったのに、高成様はどうにも恋の話に持っていきたいようだ。やはり高成様のような百戦錬磨になると、些《さ》細《さい》なことでも恋愛と絡めたくなるのかしら。

「わかりました。それよりも、お食事が冷めますよ」

促すと、高成様は眉根を寄せる。

「ちょっと待って。僕は心配しているんだよ？　なんで君はそんなに仕事一筋なの」

「片付けが進みませんので、早くお召し上がりください」

高成様の言葉を聞き流すと、ぶすっと不服そうな顔で夕餉を食べ始める。

「高成が言うように、有仁に文を返す必要はないよ」

今度は幸成様が私に忠告する。

「それはもちろんお返ししますよ？　先日の月見の会のお礼は私も伝えたいと思っておりますし、あの有仁様の文を無視するなんてそんな不義理なことはできません」

答えると同時に、椀がその手から滑り落ち、幸成様の衣の上に豪快に掛かった。

「だ、大丈夫ですか!?　熱くないですか!?」

ぎょっとして駆け寄る。胸元に押し込んでいた懐紙《かいし》を取り出し、慌てて汁を拭っていると、幸成様はなぜか泣き出しそうな顔をして急に立ち上がり、無言で出て行ってしまった。

そんな幸成様のご様子を、高成様は相変わらず不服そうな顔をして眺めていた。

哲成様は、感情の読めない表情で汁物をすすっている。

「えっ、幸成様！」

「放っておけ。皆が言うように、有仁に文を返すな。絶対にな」

哲成様が淡々と念を押す。いつも通りの声音なのに、なぜか有無を言わせない強さがあった。

「わ、わかりました」

私が頷くと、ようやく緊迫した空気が薄れていった。

眠ろうと目を閉じたけれど、一向に眠りの底に落ちていかない。

代わりに今日あったことが頭の中に浮かんできた。

有仁様と三兄弟の皆様は非常に仲がいい友人なのだということは月見の会で伝わってきた。だからどれだけ有仁様が高貴なお方だとしても、『有仁なんか』と言ってのけられるほど、とてもよい関係を築いているのだと推察できる。

でもあれほど文を返すな、と念を押されるのには何か理由があるのかしら。

夕餉の席で高成様が有仁様のことを『僕と同じ』だとおっしゃっていた。

もしかして有仁様は非常に女性が好きな方で、山のように恋人や奥様がいらっしゃるとか……？

そんな風に考えて、ごろりと寝返りを打つ。何となく寝付けなくて文のことを考えたら止まらなくなってしまった。

少なくともお会いした時の有仁様は、高成様のように手あたり次第口説くようなお方ではなかったと思う。

いいえ、もしかして志摩姫が恋人なのかしら。志摩姫は有仁様を下僕だとかご友人だとかおっしゃっていたけれど、それは照れ隠しで実際は——。

ぜ、絶対絶対そうだわ。ど、どうしましょう！

思わず頬が熱くなって、衣に顔を埋める。憧れの志摩姫が有仁様と、だなんて考えただけで絵物語になるし、胸がきゅっと締めつけられる。

もしやお二人の関係を皆様ご存じだけど、何かしらの事情があって表に出せないとか？　それはそれで道ならぬ恋のようで興奮する。だから有仁様は志摩姫の事情もよくご存じで……。それに志摩姫がかぐや姫のように男性からの好意を全てお断りするのも、有仁様がいるからであって……。ええええ、どうしましょう!!

考えれば考えるほど、妄想が先走って眠れない。

それにしても春日家の三兄弟には女性の影があまり見えないのよね。

高成様は女性好きだとお聞きしていたのに、最近は夕餉までには帰ってきてそのまま屋敷にいる。私が春日家に来た当初は、夜はほとんどいなかったのに。もしかして夜に出歩くと、私に小言でも言われると思っているのかしら。

哲成様は一日中ほぼ仕事で、女性からの文を全て無視されるし、幸成様なんて仕事が終わったら特に寄り道もせずに帰ってきて私の仕事の邪魔をするのが最早日課だわ。

高貴な男性は大体元服したらすぐに結婚するものだけれど、三人とも独身主義なのかしら。二か月ほど働いていても結婚だとか、妻の話をまず聞かないのよね。

考えても答えが出ないことが、とりとめもなく頭に浮かんでくる。

少しずつうとうとしだした中で、有仁様の文に何か思惑があるかどうかは関係なく、下級貴族の私が上級貴族の方の文を無視するなんて、無礼すぎることだと思い立つ。いくら皆様が書かなくてもいいとおっしゃっても、噂になったら春日家に迷惑が掛かるかもしれない。

やはり有仁様にお礼の文だけは書いておこうと心に決めたと同時に、深い眠りの底に導かれて、意識が落ちていった。

二

文を書く時は、薄様《うすよう》という、透き通るように薄い紙を二枚重ねる。二枚重ねの上の紙と下の紙は別の色の紙にし、重ねた時の微妙な色合いの変化を楽しんだ。これもまた、装束と同じく重ねの色目なのだ。

「何色にしようかしら……」

ようやくこの紙を使う時が来たわ。

ごくりと唾を飲み込んで、蓋をゆっくりと開く。中には色とりどりの紙が入っている。これは十七年間、私が集め続けた紙。紙は貴重なものだから母上から受け継いだものが大半で、あとはこつこつ集め続けてきた。

いつかどなたかから文をいただいたら使おうと思っていたけれど、なかなか出番がなく、しまい込んだままだった。

ようやく、物語の中の人のように使う時が来たのかも。

若干緊張しながら箱の中から紙を出し、秋に合いそうな色目を考える。

装束だけでなく文にも神経を使い、色という手段で送る相手への真心を込める。どれだけ雅であるかが、その人の直接の評価に繋がるのだ。

これもまた、有仁様に試されているようだわ。

秋を感じさせる、色の重ね。薄い紙をいろいろな組み合わせで重ねてみるけれど、しっくりこない。

有仁様へと考えるだけで、全部間違いに思えるし、全部正解のようにも思える。

頭の中が混乱して、やはり返事を書くのをやめようかと思う。でも、せっかく月見の会を褒めていただいたのに……。

その瞬間、ハッとひらめく。

あの時の哲成様の装束だ。あの時私が哲成様に選んだのは花薄の色目。慌てて白い薄紙と、縹色の薄紙を箱から探し出して重ねる。

「よし……！　決めた！」

勢いよく摑んだ筆を走らせる。花薄の色目を有仁様がご覧になったら、月見の会を思い出すだろう。だから余計なことは書かず、伝えるのはお礼だけ。

完成した文の表紙と裏紙をほんの少しずらして色目をうまく出し、丁寧に折りたたむ。庭の池の傍で揺れているススキを一筋刈り取り、枝に文を結んだ。

花薄はススキのこと。直接的すぎるかなとは思ったけれど、これくらい単純でもいいかもしれない。

「あの、こちらを有仁様の屋敷にお届けください」

「承知しました」

下人に文の配達を頼む。門をくぐるのを見送っていると、牛車がゆったりとこちらに向かってくる。

太陽を見上げると、いつも幸成様が帰ってくる頃合いだった。

牛車が到着して幸成様が降りるのを見守る。

「――おかえりなさいませ、お仕事は終わりましたか？」

「ま、まさか帰るのを待っていたの？」

幸成様の声が露骨に揺れる。どうしたのかしら。

「ちょうど下人にお願いごとをしておりました。あの、もしかして体調が悪いの——」

「は？　さっき屋敷から出てきた下人が持っていた文は……!?」

今度は一転して声を張り上げる。あまりに緊迫している声音に、自然と顔が強張る。

「え、えええっと、私が出した文です」

「もしや有仁への返事!?　あれほど返事を書くなと言ったのに、幸成様はすぐに察する。

宛先については一言も申し上げていないのに、幸成様はすぐに察する。

どうしよう。実家への文だと誤魔化しても、いつか露見するような気がする。

「やはり有仁様の文を下級貴族の娘の私が無視することはさすがにできません。春日家にもご迷惑をお掛けします。だからただお礼を書いただけです。他に余計なことは書いておりません」

「何を言ってるんだよ！　あんたは春日家の女房だろ!?　あんたの主はオレだ。オレが返事を書くなと言ったなら、それを守るべきだろ！」

「た、確かにそうかもしれませんが……。でも！」

「主の命令を聞けないなんて、そんな女房は必要ない！」

「そこまでおっしゃるなら、今すぐ有仁様の屋敷を訪ねて、文を回収してきます。ただ、なぜそんなにも有仁様に文を書くことを禁じるのですか⁉　幸成様が私の主であるならば、正当な理由をお聞かせください！」

声を荒らげる幸成様につられて、私も声が大きくなる。

「お願いします！　お聞かせください！」

詰め寄ると、幸成様が怒鳴った。

「駄目なものは駄目だ！　理由なんて聞かせる必要はない！」

私の横を走るように通りすぎて、ご自分の部屋がある東の対へ消えていく。

急に静まりかえった世界で、自分の口から漏れる荒い息だけが響いていた。

腑に落ちない、と唇を尖《とが》らせる。

確かに私は幸成様のおっしゃる通り、春日家の女房だ。

本来ならば、主である幸成様をはじめ、三兄弟に口答えは許されない。

でもただ言うことをひたすら聞く、傀儡《くぐつ》のようにはなりたくない。

結局、私は文を取り返さず、下人から有仁様に無事に届けたと報告を受けた。

有仁様からそれに対するお返事はない。

私も話を膨らませることはなく、事務的なただのお礼状だから返事はいらないと思って書いた。それで不義理もせずに終わりの話なのに、どうして幸成様はあんなに怒るのかしら。

あれから数日経つのに、幸成様とほとんどお話ができていない。

このままではまずいと思って話し掛けようとするけれど、幸成様は聞く耳も持たず、完全に私を避けるように生活されている。

朝も私が起こしに行く前にすでに起きていてさっさと仕事に行ってしまうし、帰りも露骨に遅くなった。

こうなるともうお手上げだわ。

大きなため息を吐く。もちろん、高成様や哲成様にも有仁様に文を返したことは自己申告した。二人とも大なり小なり不満そうだったけれど、高成様は「明里ちゃんなら返すよね」と言って許してくれた。哲成様は私をぎろりと一度睨みつけただけだった。二人はそれ以上何も言わず、なかったことのように接してくれる。

もしかしたらお二人は有仁様と仲がいいし、私のいないところで何かお話をされたのかもしれない。

でもこんなにも悶々と悩むなら、有仁様に文を返さなければよかったのかも。

それにしても幸成様は、一体どうしてあんなに怒るのかしら。

いつの間にか文を仕分ける手を止めていた。仕事に支障が出るほど幸成様のことを考えてしまっているのは良くない。

いつも通り仕事に打ち込みたいから、早めに幸成様としっかり話がしたい。

そんなことを考えていると、門のほうが騒がしくなる。

もしかして幸成様かしらと見に行くと、牛車から降りてくる幸成様と目が合った。

「おかえりなさいませ。あの、少しお時間を頂戴したく……」

「必要ない」

ぴしゃりと言い放って、さっさと私の横を通りすぎていく。ここで引き下がっては駄目だと幸成様を追いかけようとした時、声が掛かった。

「あの、明里様！」

牛車を管理している牛飼いの童《わらわ》や下人が、慌てたように屋敷に飛び込んでくる。

「どうかいたしました？」

「あ、あああの……」

「どうしたんだ。落ち着け。大丈夫だから」

いつの間にか幸成様が私の傍にお戻りになっていて、狼狽する牛飼いの童に優しい言葉を掛けている。

このお方は一体どれが本当の顔なのかわからなくなる。

青白い顔をしている牛飼いの童から目を離した幸成様は門のほうへ目を向ける。その動きにつられるように私も目を向けると、そこには見知った姿。

「有仁様……!?」

春日家の牛車の傍に停められた別の牛車から降りてきたのは、萩重《はぎがさね》の色目の直衣を纏った、有仁様だった。

萩重は、表は紫、裏は二藍という、表も裏も紫色の重。

先日の月見の会の時にお召しになっていたのは、表は薄紫、裏は青の萩の色目。

月見の会よりも幾日か日を重ね、いつの間にか秋が深くなったことを、そのお召し物の色目の変化で伝えている。思わず、ぼうっと眺めて浸ってしまいそうになる。紛れもなく雅で、気づけば感嘆の声を漏らしていた。

そして有仁様のあとに姿を見せたのは、志摩姫だった。

彼女は月見の会の時のように男装して随身の装束である褐衣を纏っていた。表は濃紅、裏は濃黄の朽葉の重は、深まった秋にぴったりの装束だ。また濃紅が、志摩姫にすごく似合う。

お二人が並ぶと本当に美しい。美男美女で目の保養になる。

こちらに向かってくるお二人をうっとりと眺めていると、幸成様が舌打ちする。途端に我に返り出迎えようとすると、幸成様が私に向き直る。

「あんたは応対しなくていい。オレがする」

「えっ……、で、でも」

「オレの命令に逆らうな、と言ったはずだけど」

強い口調に言葉を失うと、幸成様はまるで仮面を被るように笑顔を作り、有仁様に向き直った。私は幸成様の背に隠れるような形になってしまう。

「こんにちは、有仁。特に連絡もなく、わざわざ来るなんて、うちに何か用事でも？」

「やあ、幸成。偶然、近くを通りかかったんです。ふと月見の会を思い出して顔を見たくて寄らせてもらいました。連絡しなくて申し訳なかったですね」

「突然だったから驚いただけ。今日は高成も哲成もまだ仕事で内裏にいるはず。早目に連絡をくれたら、帰らせたのに……」

ちくちくと嫌みを混ぜる幸成様にひやひやする。有仁様が怒ったらどうにか場を諫めなければ、と思うと緊張してきた。

「大丈夫。高成や哲成に用があったわけではないのです。そこにいる明里殿に会いにきたので」

　名指しされて、「へえっ⁉」と変な声が漏れる。思わず袂を口元に押しつけると、幸成様が苛立ったように私を睨む。

「春日家の女房に会いに、わざわざ有仁が？　うちの女房はまだ来て日が浅いから、不作法があるかと。だから、またいつかにして」

「構いません。わたしはそんなことは気にしないと幸成もよく知っているでしょう？　明里殿といろいろと話したいだけなのですよ」

「いろいろと、ね。悪いけどやっぱり有仁に何か無礼があったら、こっちも困る。だからさ、また今度にしてよ」

「無礼など全く構わないと言ったでしょう。どうしました。いつも聞き分けがよく、素直な幸成らしくないですよ。ただ明里殿と話したいと言っているだけですが」

　幸成様が何度拒否しても、有仁様は引こうとしない。志摩姫は有仁様の後ろで、無言のまま眉を顰めている。

　ど、どうして幸成様はこんなにも有仁様を拒絶するのかしら。

　月見の会の時は有仁様を拒絶する感じはなかったはず。あの有仁様の文が私に届いてから、何か変だ。それは幸成様だけでなく、三兄弟ともなのだけれど。

わけがわからず、ただ幸成様の背を見つめておろおろと瞳を揺らすことしかできずにいる。

次にどんな言葉が幸成様から飛び出すのか、はらはらしながら見守っていると、志摩姫が有仁様の袂を引き、扇で口元を隠しながら何か囁いている。

すると有仁様がご納得されたように大きく頷いた。

「幸成が意固地になる理由がわかりました。幸成は非常に優秀で、三兄弟の中でも特に将来有望と目されていますが、そんなに不器用だとは思いませんでした」

「はあ⁉」

幸成様がぎょっとしたように声を上ずらせ、二、三歩後ずさる。有仁様は扇で口元を隠しながらも、その目尻が下がっていて、にやにや笑っていることがわかった。

「ちょっと何を言っているのか……」

「そんなに恥ずかしがらなくとも。確かに今まで春日家に居付く女房はいなかったから戸惑うのもわかります。幸成が明里殿のことを――」

「ああああ！　全く違うから、早く帰って‼」

唐突に幸成様が大声を出し、驚いて身を竦める。一体何がどうしたのかわからず、有仁様を外に押し出そうとしている幸成様の頬が真っ赤だということしか目に入ってこない。

「——一体、何の騒ぎだ」

「どうしたの、幸成。騒いでいる声が往来まで響いていたよ？　びっくりして牛車を飛び降りてしまったよ」

　姿を現したのは、高成様と哲成様。

「あ、おかえりなさいませ」

「ただいま。って、有仁が来ていたの⁉」

「邪魔をしています。騒いでしまって申し訳ありません」

「いやいや、早く上がってよ。明里ちゃん、有仁たちを案内してくれる？」

「か、かしこまりました！」

　慌てて有仁様を連れて母屋へ向かう。志摩姫は今回も玄関先で待つことになった。私も早々に退出して、志摩姫のもとへ行こう。

　母屋までの道中、幸成様が小声で何か有仁様と言い合っているのはわかったけれど、何を話しているのかまでは聞き取れない。

　そうこうしている間に母屋に着き、飲み物をご用意するために下がろうとすると、有仁様が声を上げた。

「明里殿が春日家に来てくれて、本当によかったですね。突然邪魔をしても部屋はこのように素晴らしく整えられているし、明里殿がいなくなったら困るでしょう」

「ああ、困る」

哲成様が即答してくださったことに、目を瞬《しばたた》く。

困る、と思っていてくれたなんて……、そんな。

あの哲成様が、と思ったら、じんと胸の奥が熱くなる。

「そうでしょう、そうでしょう。わたしはね、明里殿がずっと春日家にいてくれる方法を知っていますよ」

「何だそれは」

扇で口元を隠し、有仁様は何かを哲成様に囁いた。哲成様は眉を顰めてすぐに、私に目を向ける。目が合っている間も、有仁様はまだ何か囁いている。

「──おい、早く出ていけよ。一刻も早く」

幸成様の急かすような声音に、我に返る。そうだった。早く退出しないと。

腰を浮かせた私を留めるように、哲成様が私に向き直った。

「なるほど、確かに有仁の言うことは一理あるな。よし、明里。結婚するぞ」

一瞬で部屋の中が静まり返る。

庭先で風に吹かれて木の葉がカサカサと飛んでいく音が聞こえるほどの静寂。

どれくらいの時間、哲成様の顔を眺めていたのかわからない。

何を言ったのかしら。疑問になるほど、哲成様の表情はいつもと変わらない。

無、だ。

「……、ばっ、馬鹿⁉　こんなに哲成が馬鹿で阿呆だとは思わなかった！　馬鹿は死ななきゃ治らないから殺すしかないっっ！」

世界に衝撃を与えるほどの怒鳴り声が響き、一気に時間が流れ始める。

幸成様は哲成様の胸倉を摑んで揺らしている。ああ、幸成様の暗黒面が表に出てしまった。哲成様は幸成様の手を振り払うわけでもなく、揺らされるままだ。

「本気で言ってるの⁉　あの哲成が明里ちゃんに求婚⁉　あの哲成が⁉　嘘でしょ⁉」

高成様はひーひー言いながら大笑いしている。どうやらツボに入ったのか、その目元には涙が光っている。

有仁様も扇で顔を隠しながら、肩を震わせて笑っている。

「女性に全く興味がない哲成が、めっっずらし！　どうしよう、明日は大雪だ！　でもちょっと待って、明里ちゃんは僕がお嫁さんにするんだけど！」

先ほどからずっと高成様は大笑いしながら、嘘とかまさかとか繰り返している。

驚いたけれど、この反応を見ると、ただからかわれているだけだわ。

ふうっと大きく息を吐き、強張った体から力を抜く。

「――哲成様もご冗談をおっしゃるのですね。明日は本当に雪になるやもしれません。確かに少し冷えてきましたので、すぐにお酒をご用意してまいりますね」

ふふと微笑みながら、退出する。離れても部屋の中から楽しそうな声が響いてくる。

冗談を言ってくれるほど、哲成様と打ち解けてきたのは嬉しくて仕方ない。でも、心臓に悪い冗談はやめてほしい。

結婚するぞ、なんて、殿方に言われたことなんてないから、冗談だとわかっていても鼓動が早くなる。

お酒を取りに縁に出ると、いつの間にか夕暮れが訪れていた。空の色が金から濃紺へ移りゆく微妙な変化を眺めながら、心を落ち着けるために深呼吸した。


「――志摩姫。こちらにいらっしゃったのですね」

私の部屋でごろりと横になっていた志摩姫に声を掛ける。

待たせた部屋にいるかと思ったのに姿が見えず、方々捜して辿り着いたのは私の部屋。まるでご自分の部屋のように寛《くつろ》ぐ姿に、思わず笑む。

「先ほどはろくにご挨拶もできず、申し訳ありませんでした」

「皆はどうしたの？　宴は終わった？」

「幸成様は部屋に戻り、残りの三人でまだお酒を飲んでいらっしゃいます。有仁様から長くなるから下がっていいと言われ、退出しましたが、恐らく志摩姫と話す時間を作ってくださったのだと思います」

「有仁は気が利くからね」

男装している志摩姫を見ていると、美しい若武者のようで、つい長々と見つめてしまう。そんな私の目を志摩姫が見つめ返す。

「……あんたって、変な女ね。普通、哲成様ほどのお方に求婚されたら、二つ返事で了承するもんでしょ」

「き、聞いていたんですか？　それに求婚？　あれがですか？　ただ、からかわれただけですよ」

「こっそり覗いていたわ。途中から飽きてここにいたけど。それにからかってなんかないと思う。哲成様はある程度本気だったんじゃないの？」

「ええ？　そんなことはありません。恐らく傍に置いておけばご自分の利益になると考えたのでしょう。たとえば、身の回りのことをずっとしてくれるとか。それは女房のままでも十分務まります」

哲成様とはまるで上司と部下のような関係だわ。信頼してくださっているのが伝わってくると無性に嬉しくて、もっと哲成様のことを理解して、役に立ちたいと思う。

それは絵物語で読むような、甘い恋とは違うもののような気がする……。

「それに私は、何としても霜月の終わりまで女房として勤めあげて報酬をいただき、実家の屋根の修理をしないといけませんから」

「はあ？　屋根の修理？」

「はい。今年の文月に訪れた猛烈な台風で実家の屋根の一部が破損しました。その修理費を稼がないといけなくて。父上の稼ぎでは暮らしていくだけで精一杯ですし」

志摩姫は呆然と私を見ていた。信じられない、と顔に書いている。

「あ、あんたって……、貴族の娘じゃないの？」

「一応そうですが、下級すぎる下級貴族です。お恥ずかしい話、生まれてから十七年間、ほぼ町娘と同じような生活をしていました」

「そうなの……」

呟いた志摩姫の声音はいつもよりもずいぶん柔らかかった。もしかして、こんな私に同情してくださったのかしら。

何となく変な空気になってしまったのを感じて、申し訳なくなる。

私の話よりも志摩姫の話を聞きたい。

「あの、志摩姫と有仁様は恋仲なのですか？」

尋ねると志摩姫は大きくむせた。あら？　どうしたのかしら……。

「全然違うから!!　有仁は友人なの！　下僕でもあるって言ったでしょ!?」

「え、違う……!?」

絶対にそうだと思ったのに！

「違う！　有仁は兄上とすごく仲がいいからあたしともよく遊んでくれるだけよ。あたしが都に来てすぐの頃から困ったことがあると力になってくれるの。いつもは兄上と三人でいることが多いけど、兄上は気軽に外に出ることができないから……」

語尾が小さくなり、志摩姫は顔を曇らせる。どうしましょう、触れてはいけない部分だったのかもしれない。兄上様がいらっしゃることは初耳だったけれど、志摩姫が兄上様を大事に思っていることはその表情からすごく伝わってくる。

「そうだったのですね。勝手に勘違いしておりまして、申し訳ありません。それに踏み込んだことを聞いてしまい、失礼しました」

深々と頭を下げると、志摩姫は「別に、大丈夫」と小さく答えてくれた。

何とも言えない微妙な空気を感じて、別の話題に切り替える。

「あの、今日わざわざ春日家にお越しになったのは、何か御用があったのでしょうか？」

「用って、特に何もないけど。ただ、今日有仁と会った時に、あんたから文が返ってきたって聞いたの。あんたのことが気になっていたから、文がどんなものだったのか聞いたわけ」

「まあ。私のことを気にしていてくださったのですか？」

声を弾ませると、志摩姫は顔を赤く染めた。

「き、気にしているに決まっているじゃない！　あんたはあたしの好敵手なのよ!?　しかも返ってきたのが結び文だって聞いたら、あんたが文の色目を何色にしたのか、気になるに決まっているじゃないの！」

憧れだった志摩姫が、私のことを気にしてくださっている。そう思うだけで、胸がじんと痺《しび》れる。

「すごく嬉しいです！　私も志摩姫のことをいつも気にかけておりますよ」

「それは当然よ！　あたしがあんたを気にしていて、あんたはあたしを気にしていないなんてありえないから！」

「もちろんです。いつでも幸せでいてほしいと、常日頃、願っております」

「それでいいのよ！　それで！」

胸を張る志摩姫を眺めていたら、愛らしく思えてきた。志摩姫は幸成様と似ているわ。不器用で自分が思っていることを素直に口にできないところ、微笑ましく感じてしまう。

「とにかく、有仁からあんたの文のことを聞いたのよ。——なかなか聡明《そうめい》だって言っていたわ」

聡明？　自分で自分のことを賢いと思ったことはなく、意外な言葉に首を傾げる。

「あんた、月見の会で哲成様が着ていた装束の色目と同じ色の紙を使ったんでしょ？」

白と縹の花薄の色目。頷くと、志摩姫がそれよ、と呟く。

「ようやく返事が来たと思ったのに、他の男の存在を思い起こさせるなんて、攻めようがないって有仁が言っていた」

ええ？　どういうことかしら。気づけば眉根を寄せていた。

「私は単純に月見の会のことを——」

「あんたはそういうつもりでも、自分は哲成様のことを想っているから、有仁様はこれ以上何も言わないでくださいね、って文から匂わせているも同然よ。でもその断り方がさりげなくてとてもいいし、相手を直接的な言葉で傷付けないから素直に諦められるって言ってた。やっぱりあんたはあたしの好敵手だわ」

そこまで考えていたわけではなかったけれど、結果的にはよかったのかしら。

「あの、別に私は哲成様のことをお慕いしているわけではないんですが……。それに実は有仁様の文ですが、哲成様に奪われて途中までしか読めなかったんです。なので単純に有仁様へのお礼状としてお送りしただけで……」

訝し気に眉を顰めると、志摩姫は無言になる。まるで言葉を選んでいるような、微妙な沈黙。

「——あんた、馬鹿？」

思わず目を瞬く。

「ば、馬鹿とは……。いえ、確かに馬鹿かもしれませんが……」

「有仁に、色のついた薄い紙を二枚重ねて季節の草花に結びつけて送ったでしょ？その形式は、結び文って言うんだけど、普通に恋文と決まっているのよ」

「えっ、ええ!? で、でも今まで読んだ源氏物語などの絵物語では、女性から男性に文を送る時、そのような形式で文を送っていましたけど！」

「だから馬鹿よね。源氏物語は恋の話でしょ。その形で送るのが当たり前。今まで注意してくれる人はいなかったの？」

「はあ……。実は文を殿方から頂戴したのも初めてで……」

志摩姫はやれやれと肩を竦める。

「まあ、町娘のように生活していたら、貴族の姫君がやることもわからないか。それならやっぱりあんたの色使いの才能は偶然ね。あの文の色目が恋の駆け引きとして計算したものじゃなかったなんて考えられないもの」

偶然、と言われて、少し落胆する。

それにしても、色紙を二枚重ねて送るのは恋文だったなんて……。

でも、有仁様から送られてきた文も、同じ形式だった。もしかして、三兄弟は文の形式を見ただけで、あれが恋文だとわかったのかしら。

だからあんなに私が返事を書くことに反対した、とか……？

推察しても答えは出ないし、ただただ上級貴族と自分の差をまざまざと感じさせられる。

志摩姫のおっしゃる通り、勉強が足りないのは身に染みている。

完璧な女房としてお勤めするためにも、もっといろいろなことを学ばないと！

「とにかく、その文の話を有仁としている時に、有仁があんたともっと装束について話したいと言ったの。それを聞いてあたしもついてきたってわけ」

「なるほど。これからは一応先にご連絡ください。志摩姫とお会いできるのはとても嬉しいですが、私は春日家の女房の身。春日家に迷惑は掛けたくありませんので」

「う、嬉しい⁉　あたしと会えるのが？　わ、わかったわ。今後は先に連絡するから！」

「ありがとうございます。よろしくお願いします」

にっこり微笑むと、志摩姫は目を泳がせている。唇の端はむずむず上がりかけているのを無理やり下げているように見えた。

「今度は兄上も一緒に来るかも。月見の会や、文の話を有仁がしている時に、すごく興味深げに聞いていたし、一緒に装束の話をしたいって言っていたから。兄上もあたしや有仁と同じで装束が好きなの」

「左様ですか。兄上様も装束がお好き……。それはとても楽しみです」

頷くと、志摩姫はパッと笑顔を見せ、すぐに隠すように無理やり真顔に戻る。

そうは言っても志摩姫の兄上様は、気軽に外に出ることができないとおっしゃっていたから病弱なのかしら。そうなると恐らく会うことは難しいだろう。それでもいつかお会いできて、志摩姫と一緒に装束の話ができたらすごく楽しそうだわ。

「——志摩。ここにいたのですか」

御簾をほんの少し扇で押し上げて、中を覗いたのは有仁様。

「ここは明里殿の部屋なのですか？」

「は、はい。お恥ずかしいです。汚い部屋で申し訳ありません」

有仁様は部屋の片隅にある三兄弟の衣の山を見てくすくす笑っている。暇な時に修繕しようと思って放置していたけれど、まさか有仁様に見られるなんて。

赤くなった頬を隠すように俯くと、有仁様は微笑みながらそっと御簾を閉め、外から声を掛けてくれる。

「覗いてしまって悪かったですね。夜も更けたから、そろそろ帰ろうと思います」

志摩姫は頷いて、立ち上がる。私も見送ろうとその背を追って部屋を出ると、そこにいたのは有仁様お一人だった。幸成様はすでにご就寝されているだろうけど、高成様と哲成様がお見送りに来ないのはおかしい。

「あの、皆様は……」

いくら友人だと言っても、有仁様を見送らないなんてあるかしら。

「二人とも酔いつぶれて寝てしまいました。後片付けをよろしく頼みます」

「も、申し訳ありません。お客様にご無礼を——」

「よくあることだから、気にしなくて大丈夫です。見送りはいらないから、早めに片付けて眠りなさい。ではおやすみ、明里殿。よい夢を」

牛車の待つ門へ有仁様は歩いていく。見送りはいらないと言われたけれど、別れ方が優雅で、お二人が牛車に揺られて闇に紛れていくのをいつまでも眺めていた。

それにしても酔いつぶれてしまったとは……。高成様も哲成様も大丈夫かしら。

宴を開いていた母屋に向かうと、几帳の布を引き剝がしたのか、それを掛けて高成様が眠っていた。

「高成様、風邪を召されますよ。起きてください」

声を掛けても、肩を揺さぶっても、ううんと唸るだけで目は覚まさない。しょうがないと高成様の部屋から上掛けを持ってきて肩口まで掛けると、満足そうに深い寝息を立てた。

高成様は寝る場所がいつもと違うだけで心配することはないけれど、哲成様はどこにいらっしゃるのかしら。上掛けをお持ちする際に哲成様の姿を捜したけれど、部屋にはいらっしゃらないようだった。

秋も深まって、夜は冷える。

心配になって、燈台に火を点《つ》けてうろうろと屋敷の中を捜すけれど、母屋にもご自分の部屋にもいない。

いよいよ心配になって幸成様を起こして一緒に捜してもらおうかしらと迷いはじめた時、渡り廊下である渡殿の欄干にもたれて眠っている哲成様の姿を見つけた。

「哲成様⁉」

慌てて駆け寄る。冷えるのに外で寝ているなんて思わなかった。まさか体調を崩されて倒れているのでは——。

「哲成様、大丈夫ですか⁉　哲成様‼」

腕を摑んで揺さぶる。耳元で叫んでも反応がない。まさか死——。

ぞっと冷たいものが背筋を駆け上がる。月光に照らされた青白い頬に手を添えると、温かかった。よかった、生きてはいる。

ほっと胸を撫で下ろすと、私の手が冷たかったのか、哲成様は小さく身じろぎして瞼を薄く開く。

「哲成様、ここで眠ってはいけません！　さあ早く部屋の中に」

呼びかけてはいるものの、またとろんと瞼が下りてくる。

「哲成様っ！　しっかり！」

頬をぺしぺし軽く叩くが、煩そうに眉を顰めるだけ。

さらに大きな声を出そうとした瞬間、まるで波にさらわれるように、哲成様の腕が私の体をさらっていく。

気づけばその広い胸の上に倒れ込むように頬をつけていた。

「――て、哲成様」

軽いお酒の匂いと哲成様の熱。聞こえる鼓動は、自分のものか哲成様のものかわからなくなる。もがいて抜け出そうとしてもその両腕にしっかりと抱き締められるような形で身じろぎすらできない。

「寒い……」

小さく呟かれたその低い声が耳に届くと同時に、すり、と指の腹で頬を撫でられる。あまりに優しい仕草に、一瞬で体中が沸騰したように熱くなり、爆発したように心臓が早鐘を打つ。

どうしよう。くらくらする。このままでは気を失ってしまいそう。

それにこんな姿を誰かに見られたら……。そう思ったら、不意に幸成様の顔が脳裏に浮かぶ。

けしからんとか、不潔だとか顔を真っ赤にして喚きそう。

その姿を想像したら、強張った体から力が抜けて冷静になってくる。よし、何とか哲成様から脱出しないと。

哲成様の呼吸に合わせて身を捩《よじ》り、仕方がないと腰元の帯を引く。すると長袴と肌着である白小袖を残して、するりと十二単の装束から抜け出すことができた。

元々十二単は、何枚も衣を重ねて着る。でもそれを留めているのは一本の紐だけ。一枚着て紐を結び、もう一枚着たら下の紐を抜く。それを繰り返していくのだ。

だから紐をほどいたら、簡単に衣から脱出できる。

『源氏物語』の「空蟬《うつせみ》」の段で、彼女が源氏から逃れるために、薄衣《うすぎぬ》一枚を残して部屋から抜け出したのと同じ。

哲成様の腕の中に残ったのは、私が着ていた十二単。上掛け代わりになって寒さしのぎにはなるだろう。

急に熱を失って、寒気にぶるりと身が震える。哲成様の上掛けをもう少し持ってくるついでに、何か羽織ってこよう。そう決めて、一度哲成様の傍から離れた。

「ん……」

小さなうめき声と共に瞼が上がる。空は白み始め、朝焼けが東の空の低い部分を染めていた。

「哲成様。おはようございます。お加減はいかがですか？」

驚かさないように、軽く肩を叩きながら小さな声で囁く。

その涼し気な目がぼんやりと私を捉えているけれど、寝ぼけているのかまた目を閉じようとする。

「起きてください。寝るのなら、せめてお部屋で……」

今度は声音を少し強くすると、哲成様は驚いたように飛び起きた。

「あ、明里……」

「はい。あの、お風邪を召しておりませんか？」

なぜここにいるとでも言いたいのか、哲成様は口をぱくぱくしている。泥酔していたから記憶がないのかもしれない。

「昨夜、有仁様がいらっしゃって、高成様と哲成様はお酒を多く召し上がられたそうです。有仁様から酔いつぶれているとお聞きしまして捜したところ、こちらで眠っておりまして……」

私の説明を聞いた哲成様は大きなため息を吐いて、昨夜私が着ていた衣に顔をうずめて項垂れる。

「ん？ これは明里が昨日着ていた……」

哲成様が衣を持ち上げると、紐がするりと落ちる。

「紐……？」

「はっ！ そ、それは私の……！」

昨日紐を解いて哲成様の腕から逃げ出したのを思い出す。衣は上掛けとして掛けたと言い訳できるけれど、紐があるのはおかしい。どうして紐を回収し忘れたの私！

哲成様は目を丸くして、紐と私の顔を交互に見つめる。言葉が出てこないようだったけれど、どういうことだ？ と問われていることが伝わってきた。それでも言い淀んでいると、哲成様は一気に顔を赤く染める。

あまりに鮮やかな赤に、心臓が握りつぶされるような強烈な痛みが走った。

「ゆ、昨夜《ゆうべ》、す、すまなかった……。夢なのかわからないが、いや、現実だと思うが、俺は明里を抱きしめた……ような？」

「い、いえ……。あの、全然……、構いません……」

構わないと言うのは抱きしめられても大丈夫と言っているようなものだったけれど、動揺が激しくてうまく頭が働かない。

「そ、そのままでいるのはちょっと心臓に悪いと思い、哲成様の腕から抜け出そうとしたのですが、力が強くて……。なので紐を解いて衣を脱いだ次第です……」

哲成様は手に持った私の紐をこちらに差し出す。

「わ、悪かった。……謝りたい」

いつも、動揺するところも弱い姿も一切見せない哲成様なのに、顔を赤らめて俯く姿を見ていると、雲の上に乗っているみたいに体がふわふわする。

「謝罪はいりませんよ。酔っていたのですから、気にしないでください」

帯を受け取ると、哲成様は大きなため息を吐いて俯く。

「実は……、俺は酒に弱いんだ。付き合いで飲むことは多いが、一定量を超えるとどこでも寝てしまう。最近は限度がわかってきたせいか、このようなことはなくなったが、昨日は屋敷だったこともあって気が緩んだ」

「これからは、お傍に控えてお酒の量も注意いたしますね」

「傍に、か……」

哲成様はぼそりと呟いて、じっと私を見つめる。

「あの……どうかいたしましたか？」

「いや、朝だなと思った」

「はい。朝ですね」

まだ酔いが醒《さ》めていないのかしら。

「まさか夜通し傍にいたのか？」

「……はい。容体が急変したらどうしようかと思いまして」

ずっと傍にいたとか、今考えたら少し恥ずかしい。

俯いた私の頬を、昨夜そうしたように、そっと指の腹で撫でる。

「ありがとう。……まるで夫婦のようだな」

その言葉に、かあっと頬が熱くなる。驚くほど柔らかい声でそんな風に囁かれるなんて思ってもみなくて、鼓動が速まった。

「これで風邪を引いたら俺に言え。夜通し看病する」

「え——」

ばさりと音を立てて、私の上に衣を羽織らせてくれる。そして私の頭を撫でた哲成様は、自分の部屋へ向かっていく。

その背を見送っていると、ふわりと哲成様の香りが私を包んで、その腕の中に納まった自分を思い出す。さらに項垂れて、今度は私が衣に顔をうずめていた。

第四章　帝――みかど――

一

「――父上、母上、明里は女房の仕事にも徐々に慣れてきたように思います。春日家の皆様とも大きな衝突もなく……」

そこまで筆を走らせて、手を止める。

何となく幸成様の顔が浮かんできたからだ。

有仁様と志摩姫が訪ねて来てから半月近く経ち、神無月《かんなづき》（旧暦十月）になっていた。

私は女房の仕事を手探りながらも務めさせていただいているが、幸成様とは相変わらずだった。よく小言を言われるし、装束もまだ選ばせてもらえずにいる。

そして高成様は以前と同様に軽い感じだけど、哲成様は少し雰囲気が変わった。

たまに微笑んでくださるし、この間はわざわざ柿を私にくださった。自分では食べるつもりはないのか、おいしいおいしいとはしゃいでいる私を満足そうに眺めていた。

優しくしてくださるのは嬉しいけれど、泥酔事件がまだ心に引っかかっているのか、どうにも私をひたすら甘やかそうとしているような気がしてこそばゆい。

「明里ちゃん！　ちょっといいかな？」

「あ、はい！」

御簾の向こうから慌てた声が聞こえたので、文を片付けて自分の部屋を出ると、高成様が困った顔をしていた。

「急で悪いんだけど、大変なことになったんだ」

「えっ、どうされました？」

普段とは違う高成様に、悪い予感しかせず、ひやひやと足元から冷たくなる。

「実は今日、帝が方違えで春日家に泊まることになった」

「ええっっ⁉」

思わず目を剝《む》いて二、三歩下がる。

帝って、今の帝は鳥羽帝よね……？　私のような下級貴族の娘にとって、お目に掛かれることは決してないようなお方だ。春日家は帝の方違えに選ばれてもおかしくない家柄だけど、こんなに突然いらっしゃるものなのかしら。

「今までは女房がいないことを理由にずっと断ってきたんだけど、有仁が帝に明里ちゃんのことを話したのか、もう使わせてくれてもいいだろうとおっしゃってね……」

「そんな……。全く支度も整っておりませんが！」

焦ったせいで語尾が荒ぶる。

「だよね。それは僕が一番よくわかっているよ。明里ちゃんが来てくれて、仲がいい有仁くらいなら急に来たとしても受け入れられるほど屋敷は整ったんだけど、帝は別格だよね」

「はい。自信はありません」

帝がお越しになるのなら、超一級品をお出ししなければならない。寝具も調度品も、食事も。もちろんさらに掃除して屋敷を磨き上げないといけない。今から全て整えてご用意できるとはまるで思えない。

「何とか今日はやめてくれないかって、今頃哲成と幸成が説得してくれているんだけど……」

ばたばたと慌てた足音が響いて、哲成様と幸成様が姿を現す。

「現状報告のために先に戻ってきた」

「どうだった？　帝は諦めてくれた？」

「説得は失敗した。整っていなくても全く構わない、と押し切られた」

「すでに帝の牛車は屋敷のすぐ傍まで来てるよ」

「ええっ、どうしましょう。全く準備ができておりません！」

声を上げた私に、哲成様と幸成様の視線が向く。

「今回は俺たちで帝の応対をする。明里は表に出るな」

「そうして。あんたは自分の部屋に籠もっているべきだ。一歩も外に出ずに、できれば灯りも使わずにさっさと眠ってよ」

戸惑った表情を浮かべた時、高成様は納得したように「そうか」と呟いた。

「それって、もしかして主上の目的は明里ちゃん？」

その言葉に、目を丸くする。

帝の目的が私？　いえ、そもそも『目的』とは――。

「そうだ。有仁が明里のことを主上に伝えたのだろう。明里に会いたいとおっしゃっていた」

「わ、私に⁉」

な、何かしたかしら。有仁様は一体どんな風に私のことを帝に伝えたの⁉

絶対にありえない。帝が私に会いたいだなんて――。

「なるほどね。いいかい？　君は自分の部屋から出ないこと。今日は実家に帰っていると伝えておくから。皆、僕と口裏合わせてね」

高成様はてきぱきと指示を出す。こういう時、頼りになる長男なんだと思う。

「わかりました。どうにも心苦しいですが――」

「気にしないで。君が実家に戻った設定にすれば、帝を迎え入れるための準備ができなかった言い訳にもなるから」

私の頭にぽんと手を置いて、心配させないためにか、高成様は優しく微笑んでくれる。春日家の女房になって二か月ほど。高成様がそうやって微笑む時は『よそ行き』の笑顔なのだと気づいている。

帝を迎えるのだから、ご自分も不安なのだろう。哲成様も幸成様も不安げな顔を隠さない。高成様だけ不安を表に出さないように自制していることに気づいて、やはりこのお方も表に見える部分だけが全てではないのだと思う。

頭に置かれた大きな手に自分の手を添えて外し、ぎゅっと強く握る。

「私は春日家の女房ですから、屋敷が整っていないのは私の責任です。何かあれば私が矢面に立ちます」

そう言った私に、高成様は目を丸くする。そうして深く微笑む。

「屋敷のことで帝の不興を買ったら、君のせいにすればいいって？」

「はい。だから私も少しは皆様の力にならせてください」

――私も春日家の一員ですから。

そう続く言葉は口から出なかった。否定されたらと思ったら、怖気づいてしまった。

「君は都にいる姫君たちとは全然違うね。もしこの屋敷が敵に囲まれたら、真っ先に剣を取って駆け出していきそうだ」

想像すると、やりかねない自分がいる。剣なんて握ったこともないけれど。

「そのつもりです。皆様がご不在の時は一人でも戦います」

「それは困ったな。もう君を一人にはできなくなる」

ぐっと強く手を握り返されて、ようやく高成様と至近距離にいることを思い出す。

「いいかい？　屋敷が荒れているのは有仁から帝は聞いているし、元々知っているよ。今更不興は買わないし、むしろ断然綺麗になったと褒めてくださるだろう。僕らが心配していることは一つだけだ」

「え――」

「君の目が帝に向かないこと。いい子だから、その目には僕だけを映しておくんだ」

気づけば息を詰めていた。高成様は唇の片側だけ上げて、にやりと微笑む。

いつもの優しくて温かみのある笑顔じゃない。まるで野生の動物が獲物を見つけた時のような、闇を孕《はら》んだ笑み。

その両目から逃れることができず、いつ首筋に噛みつかれるかわからないような緊迫感と、なぜか湧き上がる高揚感に体を支配される。

ぞくりと背筋が震えるほどの妖艶な笑みに、呑《の》まれてしまいそう。

膝が震えてその胸に自分から飛び込みそうになった時、急に高成様は後ろに引っ張られるように私から引き剝がされる。開けた視界の先で、哲成様が高成様の襟首を摑んでいるのが見えた。

「貴様、明里に手を出すのは絶対にやめろ。抜け駆けは殺すと言っただろう」

「哲成に言われたくないね！　くだもので釣るなんて、明里ちゃんは小さい子供じゃないんだからさあ！」

「――なっ！」

くだもので釣るとは……？　疑問に思ったと同時に、腕を強く引かれ、自分の部屋に放り込まれる。幸成様が盛大なため息を吐いて、尻餅をついた私を見下ろした。

「あの二人の言うことは一切信じないように。オレの言葉だけを信じればいいから。わかった？」

有無を言わせないような強い声音に、つい頷く。

「さっき高成が言っていたけど、あんたは自分の部屋から一切出るなよ。たとえオレたちが帝と揉めていたとしてもだ。勝手に外に出たら、どうなるかわかるよね？」

「わ、わかりました……」

「約束を破ったら、問答無用で解雇だから。肝に銘じておけよ」

冷たい声で言い放って、幸成様は退出していった。やはり解雇だけは免れたい。

「幸成の言う通りだよ。何があっても帝の前には姿を見せないこと。幸成が解雇って言ったけど、そのあと無理やり僕のお嫁さんにするからね」

「待て。それは許さん。いいか？　約束を破れば俺だけの女房にするからな」

ええぇ、と戸惑っている内に、二人は交互に私の頭を撫でて部屋から退出する。

とにかく、帝の前には姿を見せないほうが、絶対にいいことだけはわかった。

部屋に点いていた灯りを消し、衣を被って気配を殺す。

こうなったら眠ってしまおうかしらと思っていたら、門のほうが騒がしくなる。

恐らく帝と有仁様がいらっしゃったのだろう。

急激に緊迫感が満ちて鼓動が騒がしくなる。部屋のすぐ傍の縁を皆様が通っているのか話し声が聞こえてきた。

「——そうか。明里殿はご実家に。それは寂しいものですな」

「ああ、せっかく春日家に出向いたというのに」

有仁様の声と、聞いたことのない男性の声。少し掠れた不思議な深みのある声音は、もしかして帝のお声なのかしら。

「今度お越しになる際は、先に教えていただけると彼女に事情を説明できますから」

高成様のお声。なぜかしら、先に教えていただけると私を同席させないように根回ししますと言っているようだわ。

「……それにしても、明里殿は雅に関して類《たぐい》まれなる感覚をお持ちで、わたしも驚きましたよ。できることなら春日家ではなく、我が屋敷に迎えたいくらいです」

有仁様がそんなことをおっしゃると、一瞬沈黙が満ちる。その後、高成様や哲成様が、冗談はやめろ、などと明るく一蹴している。

「おっと、扇が」

有仁様のお声が響いたあと、私の部屋の御簾に、パサリと音を立てて何かがぶつかる音がする。息をするのも忘れて、音がした方を凝視する。

折しも満月だからか、月光のおかげでうっすらと御簾に引っかかった何かの影が映る。あれは何かしら。半円状の影から考えるとやはり扇……？

「お、オレが拾うから、離れて」

幸成様の声がしたあと、影が御簾に濃く映る。背丈から幸成様かしら。

はらはらしながら影が身を屈《かが》めるのを見ていると、急に別の影が御簾に濃く映る。

「いえ！　落としたわたしが拾いますよ！　大丈夫、幸成は拾わなくて結構！」

この声は有仁様？　思わず息を詰めると、幸成様の声がした。

「ちょっと待って！　有仁に拾わせないよ！」

ぎゃあぎゃあと言い合って押しのけ合っている影を、部屋の中で呆然と見つめる。

これはもしや有仁様は私が部屋にいるのに気づいている？

そういえばすっかり忘れていたけれど、哲成様が泥酔した酒宴の際に、ここが私の部屋だと有仁様に知られている。

だらだらと冷や汗が背筋を伝う。

どうしましょう。私は実家に帰ってしまっていないことになっているのに、ここにいたら皆様に迷惑が掛かる。もし見つかってしまったら、どう言い逃れたらいいのかしら。

混乱して、頭の中が真っ白になる。考えが纏まらない。どうしよう——！

「有仁！　オレが拾うよ！」

「結構！　絶対にわたしが拾います！」

誰かの手の影が、御簾に濃く映る。その瞬間、派手な音を立てて御簾が落ちた。

月光が一気に部屋の中を明るく照らし、ひれ伏した私を炙《あぶ》り出す。

息をするのも憚《はばか》られるような深い静寂が、一気に世界を満たした。

「――そなたが明里、か。顔を上げよ」

お姿を拝見してもいいのかしら。戸惑いながらも、促されてゆっくりと顔を上げる。

「……なるほど三兄弟が秘匿したくなるのもよくわかる」

満月を背景に、すらりとした長身の男性が私を見下ろしている。

きりっとした太い眉に、少し吊り上がった大きな猫目。思っていたよりもずっと若い。有仁様と同じくらいかしら。それよりも一瞬誰か見知った方に似ているような気がした。気になったけれど、それを考えるよりも今は、この場を波風立てずに切り抜けるのが先決。

「鷹栖明里と申します。しばらく前から春日家にて女房としてお勤めさせていただいております」

口元は袂で隠しているから目尻を下げて深く微笑み、声が揺れないようにお腹《なか》に力を入れてゆったりと話す。

「明里殿、今上帝ですよ」

有仁様がご紹介してくださって、わざとらしく大げさにのけぞる。

「あら……！　このような姿でお目に掛かるなんて、大変申し訳ございません」

帝がお越しになることを私が知っていたら、思い切り墓穴を掘ることになる。

さらに深く袂を引き上げて、目線を下げ、畏れているように見せる。

「かしこまらなくていい。そのようにされると息が詰まる。本日は方違えで急に春日家に泊まることになったのだ。そなたはいないと聞いていたが？」

帝は笑んでいる。でもその漆黒の瞳からは冷たさしか感じない。

私が答えを間違えれば、帝に嘘を吐いたとみなされ、春日家の信用も失墜する。

正直、怖い。袂の下で握り締めた拳が小さく震えている。でも——。

「はい。本日、皆様のご厚意で、久しぶりに実家に帰っておりました。明日帰る予定でしたが、父上から諭されたのです」

「ほう」

「明日の朝、私がいなければ皆様はお困りになるだろうと。もし私が女房の仕事にやりがいを感じているのならば、今日中に戻りなさいと言われました」

帝から目を離さずに、微笑む。

「私にも思うところがありましたので、夜なので忍びつつ、つい先ほど戻りました。身なりを整えてからご兄弟に戻ったことをお伝えしようと思っていたところ、突然門のほうが騒がしくなり——」

「び、びっくりしたよ！　明里ちゃん戻ってきていたんだね！　早めに戻ってきてくれてありがとうー！　主上にも紹介できてよかった！」

あははと軽く笑いながら、高成様が援護してくれる。

「先に文をくれたら迎えに行ったものを」

「ゆっくり実家で休んでいてくれて構わなかったのに。見ての通り、今日は客人がいるんだ。あんたは疲れているだろうから、先に休んだら？」

「かしこまりました。それでは失礼いたします」

今、私は一人ではない。

それを感じることが増えたから、以前よりもずっと女房の仕事が好きになった。

以前は報酬のためにしばらく我慢して、報酬をもらったら辞めようと思っていた。

でも、今は少し気持ちが変わってきたような気がする。

「月見の会や有仁の文の件を聞いて、なかなか賢い姫君だと思っていたが、納得した。そなたが春日家に尽くしているのはよくわかったが、こんなに美しい月なのだ。少しでいいから酌をしてくれないか」

え、と目を丸くすると、幸成様が私と帝の間に割って入る。

「そんな、私が酌をいたしますよ。私ではご不満ですか？」

「はは。幸成が酌をしてくれるとは、雪でも降るのか。だが女性がよい」

「主上。仕事の話がしたいので、明里がいると困ります」

「今日は忍んで内裏を抜け出しているのだ。仕事の話はやめてくれ」

「えー、僕は主上と色恋の話をしたいのですが……。明里ちゃんがいたらちょっと話しにくいし……」

「ここにいない女の話をして何が楽しいのか。明里に酌をしてもらいたい」

全て絶妙に拒絶されて、三人とも帝に向かって舌打ちしそうなほど禍々《まがまが》しい雰囲気を醸し出している。

ここはもう、体調が悪くて倒れ込むような演技をしないと駄目だ。さすがに倒れ込んだ女を叩き起こして酌をさせるほど帝が鬼畜ではないと願おう。

息を大きく吸い込み、ふらりと倒れそうな演技をいざ始めようとした時、門のほうが騒がしくなった。

「ん？　どうしたんだろう」

高成様がすぐに門のほうへ向かう。何か言い合っているような声がして、哲成様と有仁様が帝の前に立ち、幸成様が私をかばうように立ってくれた。

もしや帝を狙った暴漢？　その瞬間ぞっとする。お忍びだとおっしゃった通り、お供の数は少ないだろう。口では戦うなんて言ったけど、私本当に戦えるのかしら。

いろんなことが頭を占めるけれど、気づけば重い十二単を脱ぎ捨て、傍にあった高燈台の柄を掴んでいた。ぎょっとしたように幸成様が目を剝く。

いろいろ考えるのはやめる。とりあえず今は帝をお守りすることだけ考える。

「あんた何を――！」

幸成様の手が佩刀《はいとう》している刀の柄に掛かっているのを見て、やはり何かしらの危機が迫っていると察する。帝を狙った暴漢なら複数人のはず。この人数で帝を守り切れるのかしら。

「私も戦います！　お任せください！」

「はあ⁉　あんたは下がってろ！」

幸成様の口調が荒くなる。でも構っていられない。

緊迫した空気を打破したのは、帝の噴き出すような笑い声だった。

え、と振り返ると、帝がお腹を抱えて笑っている。扇で口元を隠してはいるけれど、大笑いという言葉がぴったりだ。

「勇ましい姫君だ！　何、心配するな。高成は腕の立つ男だ。それにこう見えて私も案外剣は使えるぞ」

　確かに高成様は武官だし、剣や弓の道に通じていると思うけれど、何せ屋敷で鍛錬している姿を今まで一度も見たことがない。哲成様と幸成様は文官だし、もちろんお二人が鍛錬しているのも見たことがない。

　すごく不安だわ……。有仁様はわからないけれど、帝しか戦えないとか……？

　それに先ほどから怒号のようなものが聞こえなくなっている。一体、外はどうなっているの？

　この緊迫感に満ちた状況だと、帝のお言葉と理解していてもすんなり受け入れることができず、高燈台を持つ手に力を込める。

「わかりました！　とりあえず高成様の様子を見てまいります」

「待て待て待て待て！　今の主上の言葉を聞いてた⁉　高成に任せて大丈夫だよ！　あんたはどうしてそんなに勇み足なんだ！」

　幸成様に腕を摑まれて、引き留められる。

「皆様が帝をお守りされているのなら、私が様子を見てくるのが適任ですから！」

　幸成様の手を振り払って駆け出そうとした時、燈台の炎がゆらりと揺れながらこちらに向かってきているのが目に入った。幸成様にさらに強く腕を摑まれ、それ以上駆け出せなくなる。

「――いい？　あとで説教するから」

恐る恐る振り返ると、見たこともないほど冷たい目で睨まれて、幸成様の言う『説教』が簡単に終わるものではないことを予想して体が凍りつく。

いつの間にか後方に押しやられて帝が私の肩を抱いた。

「大丈夫だから、落ち着きなさい」

不思議な声音に、反論できずに「はい」と頷く。

ゆらゆらと炎が揺れて近づいてくる。するとその炎を持っていたのが高成様だとわかった。その場にいた帝以外の全員が、一気にほっと息を吐く。

「高成、何の騒ぎだった」

「いや～、困ったよ。実はさ……」

やってくる高成様が声を上げた時、高成様の背後から影が飛び出してくる。

その影が一気に私と帝への距離を詰め、「ひっ」と小さな叫び声が私の喉から漏れると同時に飛び掛かってきた。

それでも何とか帝の前に立ちはだかると、飛び掛かった影は私に抱きついて押し倒す。後方にいた帝も私を支えてくれてはいたが、勢いで帝もろともひっくり返った。

「兄上、大丈夫だった⁉」

そんな聞き覚えのある高い声と共に、ぐいっと押しのけられて床に転がされる。

あ、あれ？　誰か男性が帝に抱きついている……。

目まぐるしく変わる展開に、硬い床の上に横たわりながら、ぼんやり世界を見つめることしかできない。

「二人とも怪我《けが》してない⁉　明里ちゃん⁉」

「明里。頭を打たなかったか？」

「だ、大丈夫なの？　しっかりしてよ！」

誰かが私を労《いたわ》ってくれている。でも全く頭に入ってこない。悲鳴や喚くような声が耳に飛び込んできて、阿鼻《あび》叫喚《きようかん》とはまさにこのことだなんて思っていた。

「大丈夫？　明里ちゃん」

優しい手つきで頭を撫でられる。後ろにひっくり返ったはずなのに、お尻は痛いけれど、頭は痛くない。打たなかったのかしら。そういえば床のような硬いものではなく、柔らかいものの上に倒れ込んだような気がする。

まるで哲成様の胸の上に倒れた時のような――。

まさか、と一気に血の気が引く。飛び起きると、目の前一杯に広がったのは、帝が微笑む顔と、誰かが帝に抱きついている姿。そして、私の頭を撫でてくれる、高成様の姿。

「たたた大変申し訳ありませんでしたっ！」

まさか帝を下敷きにして倒れ込むなんて――！　私、もしや打ち首とか⁉

高成様を半ば突き飛ばし、帝に向かってひれ伏す。

「大丈夫か？　気にするな。そなたは私を守ろうとしてくれたのだろう。礼を言わねばならぬのはこちらのほうだ」

帝の寛大さに、じんと心が熱くなる。

帝に抱きついていた男性が、ゆっくりと振り返る。それは――。

「あ、あれ……？　志摩……姫……？」

「悪かったわよ！　まさか主上の前にあんたがいると思わなくて……。暗くてよく見えなかったの！」

「え……、ええ？　もしや今訪ねてこられたのは、志摩姫でした……？」

「そうよ。ちょっと急いでいたから門兵や高成様と揉めたけど」

「男装しているくせに、急に志摩だから家に入れろって言ってきたんだ。志摩姫の願いならすぐに受け入れるけれど、帝がいらっしゃるから、念のためしっかり話を聞いて、本人かどうか確認してたら、ちょっと揉めたんだよね」

　ぶすっとした顔をして志摩姫は俯いている。

「志摩姫は前にも男装していたよね？　ほら、有仁と一緒に月見の会に来た随身でしょ。有仁との酒宴の時もいたよね。この美しい瞳は忘れられないよ。まあ僕はたとえ男装していても、体つきから女性かなって気づいていたけどさ」

「――気持ち悪っ」

　志摩姫は悪意を込めた一言で高成様を一蹴した。高成様は膝から頽《くずお》れる。

　その様子を見ていたら、暴漢ではなく本当に志摩姫だったのだと実感して、ああ、と一気に脱力する。ある意味一種の暴漢だけれど、志摩姫で本当によかった。

　ホッとしたら、今皆様がいらっしゃるのが、まだ部屋の前の縁だったことに気づく。

「ご案内もせずに申し訳ありません。よければ部屋の中にどうぞお入りください」

　落ちた御簾を片付け、私の部屋の中に案内する。母屋にお連れすることも考えたけれど、この騒ぎで全員ぐったりしているようだった。幸いなことに、元々広い部屋を何人かで使っていたようで、十分な広さはあった。

　皆様が部屋に入ったのを見届けて、私の隣に座った志摩姫が口を開いた。

「――高成様が言った通り、有仁の随身はあたし。あの時は明里が哲成様の装束を選ぶと聞いたから見たかったのよ。この子はあたしの好敵手だし。女房装束なんて着ていたら、自由に訪ねてくることもできないじゃない」

ふん、と志摩姫が顔を背けると、灰になっている高成様ではなく哲成様が口を開く。

「なぜ志摩姫が男装して慌てて屋敷まで来た。何かあったのか？」

志摩姫は思い出したのか、急に困惑した顔になり帝にすがりつく。

「い、急ぎだったのよ。帝に不穏な文が届いて――。それであたし、いてもたってもいられなくて男装して内裏を飛び出してきたの！　兄上、無事でよかった……」

「え――、兄上!?」

思わず叫ぶと、志摩姫が慌てて口元を押さえる。

そうだ。帝の顔を拝見した時に、誰かに似ていると思ったけれど、志摩姫だ。目元がそっくりだわ。それに先ほど、志摩姫が「兄上、大丈夫!?」と言っていた。

「ということは、志摩姫は主上の妹姫!?」

幸成様がはっきり口にすると、帝は「秘密にしていて悪かったな」と朗らかに笑う。

「確かに妹だ。父が伊勢参りに出掛けた時に、あちらの姫君との間に生まれたのが志摩なのだ。私も数年前まで志摩の存在を知らなかった」

「そのようなことが……」

「ああ。父上が亡くなって随分経った頃に、志摩の母上から極秘で文をもらった。己は病で長くないから、志摩を保護してほしいと書かれていたのだ。さらに父上から志摩の母上に宛てた文も一緒に送られて来て、疑いようもなかったな」

帝は慈愛に満ちた目を志摩姫に向ける。

「そこで志摩を秘密裏に呼び寄せ、信頼できる貴族に猶子として迎えてもらったのだが、姫君の暮らしは肌に合わないと我儘《わがまま》を言ったのだ。困っていると我が后の璋子が表向きは自分の女房にして生活させればいいと助言をくれた。だから今は璋子の女房として後宮で暮らしつつ、男装して好き勝手に出歩いているな、志摩は」

「そう。あたしが都に来たのは三年前。それから兄上のおかげで自由にさせてもらっているの。それより、悠々と身の上話をしている暇なんてないのよ！」

志摩姫が袂から勢いよく文を出す。

「これ！　さっき見つけたんだけど、兄上の文机の上に置かれていたの……。何となく気になって、兄上の女房に頼んで検《あらた》めてもらったら、何かおかしいって――」

志摩姫は今にも泣き出しそうになっていた。

以前会った時に、兄上様をすごく大事になさっている話を聞かせてくれたのを思い出して、志摩姫の不安を理解する。

それにしてもこれは結び文だわ。色のついた薄い紙が、枝のようなものに結びつけられている。有仁様との文のやり取りを思い出して、少し苦い気持ちになる。

恋文なのかしら……？　でも志摩姫は何かおかしいとおっしゃっている。

「無礼を承知でお尋ねしますが、このような不穏な文はよく届くものなのですか？」

帝という存在は、絶対的な存在であるのと同時に、その命を狙われる存在でもある。

「実は二回目なのだ。志摩、構わないからその文をここで開いてごらん」

志摩姫は戸惑ったように眉根を寄せたけれど、枝に括りつけられた文を外して開く。

すると中は何も文字が書かれていなかった。

「──白紙」

志摩姫が呟くと、帝は頷く。

「一番初めに届いた文もそうだった。何も書かれていないのだ。いたずらかと思っていたが、二度目となると確信犯だな。一体何がしたいのかわからない」

しん、と重い空気が部屋の中を満たす。

捨て置かれていた、文が結んであった枝を手に取る。

以前有仁様から文をいただいた時に学んだけれど、結び文は植物と紙の色に趣向を凝らして相手に想いを伝えることがある。それを考えると、この植物にも何か意味がありそうだわ。これは一体何の枝かしら。

花もなく、ただの枝に葉がついている。灯りに照らして眺めるけれどそれ以上のことはよくわからない。

「この枝は、何かしら……」

呟くと哲成様が覗き込む。

「ただの枝だ」

「枝、なのですが、見てください。わざわざ両方の枝の先を切り落としているんです。そのために、切断面が二か所になっています」

志摩姫が私に顔を寄せ、枝を覗き込む。

「おかしいわ。結び文につける枝なら切断面は一か所で、枝の先に花がついていたり、柳とかなら葉がついていているわね」

「はい。葉の流れから見て、下方の切断面は木から枝を切り離した時にできるものですが、上方の切断面はわざと切り落としているようです。だからと言って、花があるわけでもなく、葉が数枚ついているだけ……」

上方の切断面は不必要な切断面。本来ならこの先に花がついているはずだけれど、わざと花の部分を落としている——？

「まるで……」

ハッと我に返り言い淀む。すると帝が代わりに口を開いた。
「まるで、首を切り落としたようだな」
その言葉に、部屋の中の空気が一気に重くなる。
帝のお命が危ない。そう言われているような気がして、心が急かされる。
他に何か手がかりはないかしら。炎に近づけて、枝についている葉を確認する。
「これは何の植物でしょう……」
呟くと、幸成様が私の手元を覗き込んだ。
「ツヤもなく、切れ込みのある葉だ。特徴的なのは、葉が互い違いに枝についている
のではなく、右の葉の根本と同じ位置に左の葉もついている。しかも枝の色は薄茶色
で枝分かれしているって、これは――」
「――牡丹《ぼたん》」
私の声と幸成様の声が重なる。
そうだ。やはり牡丹。花がないからわかりにくいけれど、牡丹。
高成様が首を大きく傾げる。
「牡丹って確か、夏の花だよね？　今は秋だよ？　もっと綺麗な花とかいろいろある
のに、どうして牡丹なの？」

高成様のおっしゃる通りだわ。わざわざ今、牡丹の花を選ぶなんて何かある。

その時、頭の中で鍵がカチッとはまって、外れる音がする。

あ、ああ。そうだ。これは、帝に対する脅迫――。

「牡丹は二十日草と呼ばれます。花が咲いてから二十日で散るという由縁です。つまり残り二十日のうちに、文を送りつけた人物を特定しないと――」

帝の首が落ちる。

「まさかこの紙も――！」

志摩姫が慌てたように炎にかざす。

暗くてよくわからなかった色が、夜の闇の中に浮かび上がった。

「これは……、萱草色《かんぞういろ》ですね」

呟くと、空気が一気に冷え込んだ。ぶるりと身震いする。

萱草色は、まるで橙のような色。萱草と呼ばれるユリに似た花の色だ。

萱草の別名は忘《わす》れ草《ぐさ》で、別れの悲しみを忘れさせてくれる花とされてきた。そのため萱草色は、凶事の時に身に着ける色になった。黙っていた有仁様が難しい顔をして、帝に向き直る。

「これはまさに主上のお命が危ないということでは……」

「兄上……。誰かに命を狙われているよ！」

私の隣に座る志摩姫は、ガタガタと震えている。その手をぎゅっと握ると、私の顔を見たあと、不安げに体を寄せる。

「主上。これは一大事です。なるべく外出は控えたほうがいいかと」

哲成様に忠告され、帝はやれやれと肩を竦める。

「こんなものは日常茶飯事だ。いちいち相手をしていたら、それこそ心労で倒れる」

「ですが主上、何かあってからでは遅いと思います。犯人を突き止めるべきです」

「そうです。敵の動きを封じるべきだと僕も思いますよ」

幸成様と高成様も声を上げたことで、帝は大きなため息を吐く。

「そんなに騒ぐのなら、勝手に皆で調べてみろ」

許可を得られて、その場にいた全員がわっと歓声を上げる。すると皆がそれぞれ私に向かって頷いてくれた。もしや私も参加してもいいということなのかしら。

まるで仲間だと言ってくれているような気がして、じわりと胸の奥が熱くなる。

「また何か届いたら、有仁か志摩に伝えよう。ああ疲れたな。帰るぞ。有仁、志摩」

「え？　方違えにいらっしゃったのでは……」

尋ねると、帝は含み笑いをしただけだった。

幸成様が大きなため息を吐いて口を開く。

「初めから方違えは嘘に決まってるだろ、馬鹿だな」

幸成様の言葉に、戸惑いを隠せず目を白黒させる。

「明里に会ってみたかったのだよ。嘘を吐いてすまなかったな。だがそなたに会えて私は満足だ。頼んだぞ、明里」

そう言った帝は衣を翻し、静かに帰って行ってしまった。

第五章　決意――けつい――

一

「いい⁉　あんたはもっと慎重になるべきだ！　感情で行動するな！　わかった⁉」

「……はい……」

「返事は大きな声で！」

「はいっ！　肝に銘じておきます！」

帝たちがお帰りになったあと母屋に場所を移し、幸成様に延々と説教された。

気づけば空が白んでいる。よほど怒り心頭だったのか、幸成様に無茶なことはするなと念を押され続け、結局一睡もできなかった。

高成様と哲成様からも若干説教を受けたけれど、二人は早々に眠気に負けて、母屋の片隅で眠っている。こんなに幸成様の怒鳴り声が続いているのに、慣れているのか二人とも一切起きないところがすごいわ。

幸成様の怒濤《どとう》の説教を嫌だと思えないのは、幸成様が本気で私を心配してくださっていることが伝わってきたから。それに久しぶりに幸成様とこんなに話せた。

「幸成様、少し眠りますか？　お仕事に間に合うように起こしますが」

「いい。昨夜の帝の文のことを、もう一度考えるから」

「わかりました。ではすぐに朝食をお持ちしますね」

退出しようと頭を下げた私の頭上から幸成様の声が降った。

「取りに行くくらい自分でできるし、支度もできる。あんたこそ自分の部屋に戻って少し眠れよ。高成たちはオレが起こすから。……あ、朝まで付き合わせて悪かった」

幸成様が言ったとは思えない優しい言葉に驚いて、顔を上げる。すると幸成様は頬を赤く染めて、別の方向を見ていた。

「あ、ありがとうございます！　まさか気遣っていただけるとは……」

「さっさと寝ろ！」

怒鳴られたことも忘れて、笑顔になって退出し、自分の部屋に向かう。

昨日は波乱の一日だったな。

まさか帝のお命が狙われているなんて思いもしなかった。そしてその動乱の渦に自分が飛び込むことになるとは……。

役に立てるかどうかはわからないけれど、皆様と一緒に全力で帝をお守りし、ささやかでも力になりたい。

決意を新たに自分の部屋に辿り着くと、御簾の一部がない。

昨夜壊れたことを思い出し、すぐに直そうと思ったけれど、自分の部屋の寝具を見たら、一気に眠気が襲ってきた。

几帳で即席の目隠しをし、自分の肩まで上掛けの着物を引き上げて、目を閉じる。

するとあっという間に眠りの底へ落ちて行った。


「――り。明里。起きなさいよ」

んん、と重い瞼を擦《こす》る。まだもう少し眠っていたい。

「明里！　起きて！」

聞き覚えのある声に目を開くと、志摩姫が私を覗き込んでむくれていた。

「し、志摩姫⁉」

「どうしてって言うんでしょ？　昨日届いた文が二の文だって言ってたじゃない？　だから兄上から一の文を借りて、有仁と一緒に持ってきたの。そうしたらあんたがまだ寝てるって言うから起こしに来たのよ」

「ええっ⁉　もしや私寝坊した……⁉」

「まあもう昼すぎよね」

慌てて上掛けを蹴り飛ばす。夢も見ないほど熟睡してしまった。

「ああああどうしましょう。そろそろ皆様仕事からお戻りに……」

「もう戻って来ているわよ。一緒に来たんだから」

志摩姫は呆れたようにため息を吐く。今日着る衣は悩んでいられない。秋だし、以前衣を重ねておいた紅葉の襲にしようと決めて衣に袖を通す。

空蟬状態になった衣を羽織るだけだから、そんなに時間はかからないはずなのに、もたもたしていると志摩姫が手伝ってくれた。

「安易な襲の色目ねえ」

そう言った志摩姫は男装して直衣を着用している。色目は、表は白で、裏は濃蘇芳。蘇芳菊という色目は、白い菊の上に霜が降ることにより、花が濃蘇芳へと色を変えた様を連想させる。

「今日はちょっと急いでおりますので！」

「はあ……。なんであたしこんな子にいつも敗北感を味わっているのかしら。高成様の装束も、哲成様の装束もなんであんたが——」

投げやりな言葉が響く。

「あの……。志摩姫は三兄弟と元々ご交流が？」

「ないわよ。言っておくけど、内裏では春日家の三兄弟はとてつもなく人気があるの。あんたは傍にいすぎてよくわからなくなったかもしれないけどね」

「確かに都の隅で暮らしていた私にも定期的に三兄弟の噂は耳に入ってきました」

今ではそれぞれだらしない姿などを見てしまったから、あの三人がどれだけ姫君たちの憧れの的であるか、よくわからなくなってしまったのは否定しない。

「あたしもね、少し憧れていた時があったのよ」

「へ、えっっ⁉」

驚きすぎて、変な声が出てしまった。

「まだ伊勢から来たばかりの頃よ。美しい三兄弟の噂をいろんなところから聞いていたら、夢が膨らむじゃない？　それで、いざ内裏で拝見したら、思い切りがっかりしたの。三人ともあまりにもダサいから」

まあそれは姫君たちの三兄弟への評価そのものだ。

「それであたしは男装して、有仁と仲のいいあの三人に接触して、言ったの。あたしが貴方《あなた》たちの装束を選んであげるって。そしたら何て言ったと思う？　あの三人、即答で『結構』って言ったのよ！」

当時のことを思い出したのか、志摩姫は声を荒らげて地団駄を踏む。

まさかそんなことがあったなんて。その様子を想像すると頭の中で簡単に再現できてしまうのが悲しい。

「あんなに屈辱的なことはなかったわ……。そうしたら今年の秋の初めから急にあか抜けたでしょ？　どうしたのかと思ったら、あんたが装束を決めているって聞いて、本気で悔しかった。しかも上手で……」

不満そうに頬を膨らませる志摩姫が愛らしい。私に、嫉妬してくださったのかしら。

「恐らく男装されていたのがよくなかったのだと思います。志摩姫が姫君の装束で高成様に装束を決めさせてほしいと言ったら、二つ返事で了承してくださいますよ」

初めの頃、高成様は志摩姫のことが気になるような発言をされていたし、今志摩姫からそんなことを言われたら恐らく飛び上がって喜ぶだろう。

そう思った時、なぜかちくりと胸に棘が刺さる。

あれ、今の痛みは一体——？

「……そうね。じゃあ今度改めて言ってみようかしら」

恥ずかしそうに俯く志摩姫に、さらに強く痛みが走る。

どうしてこんなことを言ってしまったのだろうと、後悔している自分がいる。高成様の装束を決めるのは、私の仕事なのに。

高成様だけではなく、哲成様もだ。そしていつか幸成様の装束も決めたい。

この胸の痛みは何だろう。

答えが出ないのに痛みは増して、私は衣の上から胸元をぎゅっと押さえることしかできなかった。


「さて、これが帝に届いた一通目の文です」

有仁様が懐から出した文は、二の文と同じく白い紙と、深みのある渋い青緑色である松葉色に染め上げられた紙が二枚重ねになっていて、それを折ったものだった。

「有仁様、文と一緒に、枝か何かはありました？」

「いや、帝から、そのようなものはなかったと聞いています。文だけですよ」

「あの、この文を送った方は帝に恋をなさっている方……とか」

紙を二枚重ねて文を書くのは、普通恋文と志摩姫から教わった。一の文も二の文もそれは共通している。

呟くと有仁様が微笑ましいと言いたげに、私を穏やかな瞳で眺めてくる。

「明里殿。帝に文を送ってくる女性なんて山ほどおりますよ。それこそ山です」

後宮に入りたい姫君や、何とか娘と帝を繋げたい貴族たちなんて、山のようにいる。

「そうかと言って、明里の説を無下に却下はできないだろう。女絡みの問題がないとは言えないはず。一応、頭の隅にそのことは置いておいたほうがいい」

哲成様が、私の発言を認めてくださった。そのようなことはあまりないから有頂天になる。もっと真実に近づくようなことを発言したいと必死で頭を働かせて、唯一の手がかりである紙の色に目を向ける。

「これは、松葉色ですね……」

「ええ。あたしも松葉色だと思う」

志摩姫が力強く頷いてくれる。

松葉色は、その名の通り、松の葉の色。

男性が十五歳くらいまで着用できる、若々しい生命力に満ちた色だ。

この色は一体何を表しているのかしら。

犯人は十五歳以下だとか安易に考えるけれど、自ら歳を伝えてくるわけがない。

もっと何か別の重要な意味を含んでいそうだ。

松葉色から他に連想できるのは、松は常緑樹で一年中枯れることがないから、永久不変の象徴だとされていること。

永久不変とは何かしら。形があるものなのかしら、それともないもの？

色の情報だけでは、答えに辿り着けない。少し見方を変えてみないと。

「あの、一の文はどこで見つかったのですか？」

「帝が使う牛車の中よ。あたしが見つけたの」

牛車は身分によって乗ることができる車の形状が違うため、どのような方がお乗りになっているか車によってすぐにわかる。

そうなると間違えて置いたとは思えない。帝宛てに意図的に置かれたものだ。

「なるほど。二の文は帝の文机の上。これは清涼殿《せいりょうでん》でよろしいでしょうか」

「ええ。そうよ」

志摩姫が頷く。確か二の文は志摩姫が見つけて、帝の女房が中を検めて不穏だと気づいたと言っていた。

清涼殿は内裏にある、帝が日常的に住んでいる場所。

両方とも、志摩姫が見つけたのか。

「それならば、なぜこのような不穏な文が、帝の生活圏内に直接届いたのか気になります。つまりそれは――」

言い淀んで、言葉を切る。

春日家の文は私が仕分けさせていただいている。帝の文なんてそれこそ恋文以外にも沢山届くだろうから、文を仕分ける専任の女房もいるだろう。

こんな怪しい文、帝の目に触れる前に処分するはず。それをすり抜けて、帝が直接手に取れる場所に置かれているのは――。

「なるほど。つまり、内部の犯行ってことだね」

高成様が、私が言い淀んだことをはっきりと口に出してくれる。

「内部犯……？　兄上の傍に常に敵がいるってこと？　そんな……！」

取り乱す志摩姫に向かって、幸成様が「落ち着いたら？」と声を掛け、続けて言う。

「内部犯なら、単に文を置いた人間を捕まえて、そいつが主犯か問いただせばいいでしょ。主犯じゃなくてただの仲間だとしても、そいつから主犯を聞き出せばいい」

青い顔をした志摩姫が何度も頷く。

「そうね……。それがいいわ」

「清涼殿なら僕らは上がることができるから、手分けしてそれとなく探ろうか」

高成様が提案すると、皆が大きく頷く。

「我々が入れる場所ならいいが、入れない場所はどうする」

哲成様が顎に手を置き、考え込む。

内裏には十七殿、主要な建物がある。その内、七殿五舎の合わせて十二殿舎が帝の后たちが住まう後宮だ。

そこは男子禁制の女性だけの場所。

「志摩は璋子様の女房の肩書も持っているのですから、後宮内をうろうろしていても怪しまれないでしょう。ちょっと探ってきてくれませんか？」

有仁様が志摩姫をせっつくと、ええーと顔を顰《しか》めて嫌がった。

「後宮は広いの。建物が十二もあるのよ？　一人ではとても無理。兄上が後宮にいる間はあたしがずっと傍にいてお守りしなきゃいけないし、そうなったら同時に犯人を捜すなんて絶対無理よ。後宮にあんたたちが入れたらいいんだけどね」

「幸成、ちょっと女装してよ。幸成ならまだ全然いける——」

「は？　何言ってるの？　死にたい？」

高成様が茶化すと同時に、幸成様が殺意を全開にして吐き捨てる。

思わず苦笑いすると、不穏な空気を打ち破るように有仁様が声を上げる。

「まあまあ。後宮は志摩の言う通り、広くて人が多いですね。帝の后や側室だけでもかなりの数になりますし、それぞれ女房たちがお世話しておりますから、さらに人数は増えます」

「そうでしょう？　有仁はあたしが万能だと思わないでよ」

頬を膨らませてむくれた志摩姫の目が、私に向く。それに釣られるように、有仁様や、三兄弟の目も私に向く。

「えっ？」

思わず素っ頓狂な声を上げると、有仁様がにやりと唇を歪《ゆが》める。

「なるほど。ここに適任がおられましたな」

「まっ、待って！　明里ちゃんを後宮に向かわせるってこと⁉　そんなの駄目だよ！」

「そうだよ！　後宮なんて、しきたりやら女同士の醜い対立があるとか聞くよ！　絶対にこいつには向かないと思う！」

有仁様は適任がいると言っただけなのに、高成様と幸成様は猛反対。

「あの、私も無理だと思います……。私の父は下級貴族ですし、内裏に上がれる立場ではないと言うか……」

「まあ鷹栖殿と言えば人がよすぎて、数々の出世の機会を棒に振ったと有名ですからねえ。でも、そんなことはどうでもいいのです。帝の許しがあれば、多少身分の差があろうとも関係ありません。ほら、かの清少納言も『枕草子』で言っていたではありませんか。宮中出仕は女性の高い教養を学ぶためのまたとないもの、と」

確かに『枕草子』で清少納言様はそうおっしゃって、女性に宮中への出仕を勧めていたけれど……。でもこれは――。

「……正直に申し上げますと、できることなら後宮に上がり、志摩姫のお力になりたいと思います。でも、二つ返事ですぐに行きますとは言えません。私は今、春日家の女房ですから、私の主のお許しがなければ無理です」

雇われている身なのだから、一人では決められない。雇い主の許可がなければ、私が勝手に職場を離れることはできない。

「駄目だよ！」

「許可はしない！」

私の主である高成様と幸成様は声をそろえて反対する。

有仁様は頭が痛いのか扇でこめかみをぺしぺし叩いている。

「貴方がたは我儘がすぎます。帝の一大事ですよ？」

「だって後宮に出仕だよ⁉　あんなところに行ったら、帝が明里ちゃんに手を出すに決まっているでしょ！　気づいたら側室になっていた……なんてことになったら、どうするの⁉　有仁が責任取ってくれるの⁉」

「高成、落ち着いてください。考えがどんどん飛躍していきますね。お気に入りが奪われそうになって駄々をこねるなんて見苦しいですよ」

「有仁は煩いなあ、猛烈に心配なんだよ。あーっ、絶対に許可できない！」

　高成様と幸成様が断固拒否している現状に、有仁様は頭を抱える。がっくりと肩を落としたあと、おもむろに哲成様に目を向けた。

「哲成。貴方はどうです。さっきからずっと黙ったままではないですか」

　そういえば、哲成様は一切発言していない。すると哲成様は感情の読めない瞳で私をじっと見つめた。

「――俺は賛成だ」

　その言葉に、目を瞬く。突如賛成されたことが腑に落ちず、逆に戸惑う。

「ちょっと待って、哲成！　僕は絶対に反対だよ！　さっき幸成も言っていたけれど、主上の手引きで女房になったとしても、辛辣なことを言う女房も多いし、陰湿ないじめのようなものも沢山あるって聞くよ。そんな中に明里ちゃんを送り込むなんて心配で僕は夜も眠れないよ！」

「貴様は明里の母親か。いいか？　これは犯人を捕まえる好機だ。明里、行け」

「哲成、勝手に決めるなよ！　もしかしたら犯人と対峙《たいじ》することになるかもしれないんだよ!?　こいつは考える前に殴りかかろうとする女だ。返り討ちにあったら寝覚めが悪いと思わない⁉」

「お待ちください、殴りかかろうとはしていませんよ！」

幸成様のお言葉に、考える間もなく言い返してしまう。

「昨夜、志摩姫を暴漢と間違えて、高燈台を武器代わりに戦おうとした女が何を言うんだよ」

心底冷たい幸成様の声に、唇を真一文字に結ぶ。あのあとものすごい説教を食らったのを忘れた？　と幸成様は無言の圧力を掛けてきて、それ以上何も言えなくなる。

私たちのやりとりを聞いていた有仁様は、大きく項垂れていた。

「……はあ、三人の言い分はよくわかりました。君たちとわたしは長い付き合いですから、ここでわたしが口を出しても、絶対に丸く収まることはないとよく知っています。なので、どうするか当人同士、四人でとことん話し合って決めてください。志摩、わたしたちは一旦席を外しましょう。このままここでやりとりを聞いていてもひたすら疲れるだけです」

「ええ……」

志摩姫の顔は青い。いつもとは違う姿を見ると、力になりたいと思う。でも春日家のお勤めを考えると、簡単に心を決めていいものではない。

有仁様と志摩姫の退出を見届けると、口論が再燃する。

高成様と幸成様は反対で、哲成様は賛成。三兄弟の話し合いは平行線を辿ったままだけど、じっと答えが出るのを待つしかない。

——私は今、春日家の女房ですから、私の主のお許しがなければ無理です。

そう言った手前、私が口を挟めるとは思えず、時間だけが無為にすぎていった。

「まだ纏まらないのですか？」

部屋の隅で若干うとうとしていた私の袂を引いたのは、有仁様だった。

「はい……。お待たせしてしまって申し訳ありません」

「明里殿は春日家に忠義を尽くされているようですが、あのような男たちに仕えてもいいことはありませんよ？」

「え？」

「三人とも我が強いので、振り回されて疲れるだけです。なので、よければ春日家を見限って、わたしか主上の元に来るのがよいかと。いかがですか？」

そう言った時、明里ちゃんに余計なことを吹き込まないでよ」

「ちょっと、明里ちゃんに余計なことを吹き込まないでよ」

ぎろりと高成様が有仁様を睨みつけると、有仁様は苦笑いして声を潜める。

「おかしいですね。高成は元々人に執着することはないのですが」

「そうなのですか？」

「はい。高成はあの容姿もそうですが、誰とでも分け隔てなく接することができますから、女性からも非常に人気が高いのです。来る人も多いですが、去る人も多い。高成は口であの姫君を狙うと言っていても、それだけなのです。追われるばかりだから人に興味がないのか、高成から誰かを追ったことは一度もありません」

たまに見せる、高成様のほの暗い部分。有仁様のお言葉に、その気配を感じる。

「それなのに、貴女を手元から離したくないと言う。何が高成をあんなに意固地にさせるか、貴女はわかりますか？」

有仁様は声を潜めて私だけに囁く。

「え……？　女房がいないと何をお召しになっていいかわからず、途方に暮れるからだとかでしょうか？」

「残念。はずれです。答えは本人から聞くべきですねえ」

「……いつかまた、機会があればお聞きします」

「案外すぐかもしれません。貴女のことになると高成は余裕を失いますしね」

含みのある言葉と雰囲気に、もしや、と思い当たることがあるけれど、でも、という言葉で打ち消す。

恋だとかそんな甘い感情ではなく、高成様は単純に『女房としての私』が必要なだけだ。それは他のご兄弟も同じ。

同じ貴族だとしても春日家の皆様と我が鷹栖家では全く身分が違う。

特にこの先、公家《くげ》の頂点にまで上り詰めようとしている皆様のお相手に必要なのは、高い家柄の姫君。従三位まではご自分の力で上り詰められたとしても、その先はそのような繋がりが非常に重要になってくる。

それを知らない方々ではない。

そして『下級』貴族の私も、その理をよく知っている。

「私は、自分の立場をわきまえているつもりです」

「……そうですね。貴女の家柄が高ければ、誰も何も言わないでしょうね。残念です」

どうしてこのような気持ちになるのか、わからない。

喉の奥がカラカラに渇き、心がぎゅっと締めつけられて、鼻の奥がつんと痛む。

私はただ身の回りをお世話する役目でここにいる。

報酬をいただく以上、仕事だ。

皆様に対する好意だけで、ここにいるわけではないのだ。

でも、そのうちどなたかが結婚したら？　通い婚が主流だけど、いずれは妻を屋敷に迎える形になる。その時に私はその女性のこともお世話できるのかしら――？

袂の下で、きつく拳を握る。

――怖い。

皆様がよくしてくださるから、この関係がこのままずっと続いていくのだと、私の居場所はずっとここにあるのだとたまに錯覚してしまいそうになる。

仕事の勝手がわかるようになって、いつの間にか実家に帰りたいと思わなくなり、ここがまるで自分の家のように感じていた。

でも違う。

今は一つの目的に向かって協力しているからわかりづらくなってしまったけれど、私と皆様は『友人』ではないのだ。

立場をわきまえて振る舞うべきで、心を許してはいけない、だなんて、ここに来た当初はそんな風に思う日が来るなんて思わなかった。それでも――。

顔を上げて、有仁様の目をじっと見据え、決意を固めて口を開く。

「もし……いつかここを辞める時に後悔したくないので、今は精一杯女房として仕事をして、皆様に尽くそうと思います」

今が、長い人生の内の一瞬の夢ならば、皆様と全力で楽しみたい。

笑い合っていたい。できればもう少し長く。

「あー！　もう哲成、折れてよ！　そうだ、多数決にしよう！」

「それは心の底から賛成だよ！」

「駄目だ。多数決で何もかも決めるのはよくない。少数派の意見も大事にすべきだ」

延々と続く押し問答に、有仁様が盛大なため息を吐くと、それに気づいたのか皆様の目がこちらに向く。

「このままでは一生決まりませんよ。帝の一大事なのです。貴方がたは明里殿の出仕の条件として、どこまでなら譲れます？」

「ええ～、譲るところなんてないよ！　で、でも帝の一大事なのはわかるよ。う～ん……、そうだなあ。牡丹の文が残り二十日という意味だったのなら、絶対に二十日間限定で帰ってくるってところかな。一日すぎたけど、予備日ってことで二十日ね」

「二十日!?　長くない!?　……でも帝の一大事だとしたら、ま、まあ譲っても……」

「俺も二十日限定の出仕なら尚更いい」

やれやれと、有仁様は肩を落とした。

「それであれば、出仕は二十日間限定、帝との接触は極力志摩を含めた三人以上で会うというのも、条件にしましょうか」

「それなら文句はないよ。あとは明里ちゃんの気持ち次第かな」

文句はないとおっしゃるくせに、高成様の顔はすごく嫌がっていて、思わず吹き出しそうになって堪える。

哲成様も幸成様も、私が決めていいとおっしゃってくださった。

「――それならば、私は後宮に参ります。二十日間お暇《いとま》いたしますが、不在にすることを快く受け入れてくださって、私はとても素晴らしい主を持ちました。心から感謝しております」

絶対に『快く』ではなかったけれど、『素晴らしい主』に反応した高成様は一気に破顔する。哲成様と幸成様も、悪い気はしなかったのか、それぞれ照れ臭そうに私から目を離す。

有仁様はその様子を見て、苦笑いしながら私に小声で囁いた。

「貴女は春日家の女房ですが、誰がこの家の主かと言われたら、間違いなく貴女でしょうねえ。三人が喜ぶ術《すべ》をよく知っておりますよ」

「私は女房です。この家の主のことは把握しておかなければなりませんから」

　ふふっと笑うと、有仁様は「明里殿には敵《かな》いませんね」と言った。

「——ではわたしは一足先に内裏に戻り、帝に明里殿のことを相談します。目立たず後宮に入るには、ある程度の下準備が必要ですから」

「有仁、頼んだよ。悪いようにしたら春日家を敵に回すって思っておいて」

「高成。大丈夫ですから、任せてください。志摩は……」

「明日の朝、明里と一緒に内裏に行くわ。そのほうが、面倒がないでしょう？　明里ともゆっくり話したいし。ねえ、一日泊まってもいい？」

　志摩姫が三兄弟に尋ねると、哲成様と幸成様は嫌そうな顔をする。

「明里の部屋から一歩も出るな。それを約束するなら許可する」

　哲成様が吐き捨てると、志摩姫は苦笑いした。

「では志摩を頼みます。明日の朝、内裏から迎えを送りますから」

「春日家の牛車を使ってくれて構わないよ？　僕が二人を送ろうか？」

「いいえ。遠慮するわ。有仁、お願い」

　志摩姫に拒絶された高成様は、がっくりと肩を落とす。有仁様はそんな高成様の姿を見て、扇で口元を隠しながらもくすくす笑っていた。

有仁様が春日家を去った頃には、すっかり夜の帳《とばり》が降りていた。

「ありがとう、明里……」

志摩姫は、改めて私に向かって深く頭を下げる。

「おやめください。もちろん雇い主の許可は必要でしたが、私自身が志摩姫のお力になりたいと思ったことは確かです。お礼なんて滅相もありません。私ではあまりお力になれないかもしれませんが、精一杯頑張ります」

そう告げると、その大きな両目からぼろぼろと涙を散らして私に抱きついた。

「そんなことない！　すごく心強いよ。明里のことを好敵手だとか言っていたのに、こんな時だけ頼ってごめん……。虫がいいとは思うけど、力になるって言ってくれて本当に感謝してる」

こんな志摩姫を、今まで見たことがない。

いつも自信家で、涙を見せるなんて恥だと思っていそうだったのに、本当に安心したのか、私の腰にすがりついて大泣きしている。

震える志摩姫の背をそっと擦《さす》る。

「これからどうなっちゃうんだろう……。あと二十日くらいで、もしかしたら兄上が死んでしまうだなんて、怖い……。絶対嫌。嫌っ！」

　力任せに叫んだ志摩姫が私の衣を強く握る。誰にも屈しないような強い瞳を持った方が、今は露骨に揺らいで感情を露《あらわ》にしている。

「志摩姫……」

「ごめん……。あたしにはもう兄上しかいないの。兄上を失ったらと思うと怖い」

「帝のことを大事にされているのですね」

「うん……。あたし、伊勢にいた頃は母上と二人で生きてきたの。父上は帝だったけれど、公にはされずあたしたちは存在しないものだったから、結局伊勢の屋敷と少しの財産を譲ってもらっただけで、あたしが生まれてから連絡も多くなかったんだって」

「そうだったのですか……。もしや志摩姫はお父上のお顔も……」

「知らない。あたしが物心つく前に父上はもう死んでしまっていたから、会ったこともないわ。もちろん父上の遺産が手に入ることもなく、私と母上は姫君の生活なんて程遠い細々とした質素な生活を送っていたの。前に明里は町娘のような生活をしていたって言ったけれど、あたしも同じ」

　そういえば以前、その話をした時に、志摩姫の声音がいつもよりもずいぶん柔らかかったのを思い出す。あの時は私に同情してくれたのかと思ったけれど、そうではなくて親近感を覚えてくださったのかしら。

少なくとも今私は志摩姫に親近感を覚えている。

「それから十四の時に母上が流行《はや》り病で亡くなったの。一人で生きていく方法なんて知らなくて、餓死寸前だったところを兄上に助けられた。母上が兄上に文を送ってくれたからだけど……」

餓死、と聞いて、思わず覆いかぶさるようにして志摩姫を抱き締める。

志摩姫の煌びやかな部分しか見ていなかった。帝の妹君だと聞いて、ずっと裕福な環境で育ったのだと思い込んでいた。

志摩姫の一端しか見ずにいた自分を恥じる。

「兄上はすぐにあたしを都に呼び寄せてくれた。生きる環境を整えてくれて、あたしをすごく大事にしてくれたの。あたしにとって兄上は全て。父上でも母上でもあるし、友人でも良き師でもある。ずっとお世話になってきたのに、あたし兄上に何にも返せていない。だからどうしても、兄上を守りたいの」

抱きつく腕にぎゅっと力が込められる。それを感じて私も腕に力を込める。

「これからは何かあれば相談してください。私は志摩姫の……『味方』ですから」

「明里、本当にありがとう……」

志摩姫は顔を上げて柔らかく微笑み、すがるような抱きつき方ではなく、私に寄り掛かるように体を寄せる。

安心したような志摩姫の微笑みを見たら、急激に後悔する。

志摩姫の味方には変わりないけれど、本当は『友人』だと言いたかった。やはりどこかで志摩姫を敬うべき存在だと認識しているせいで、勇気が出なかった。

ひたすら悔やまれるけれど、いつか『友人』だと素直に言いたい。

志摩姫のこのような姿を見たからか、一刻も早く内裏に行って犯人を捕まえたくなる。

ほんの少しでも志摩姫の力になる、と強く心に決めて、志摩姫の涙が止まるのを待っていた。

第六章　内裏――だいり――

一

「明里ちゃん。これだけは約束して。主上に何か言われても、靡いたらだめだよ」

両手で私の肩を摑みながら、高成様は念を押す。

「君が明日の朝起こしてくれないのが、すごく寂しいよ……。早く帰ってきてね。僕寂しすぎて死んじゃうから」

「大丈夫です。寂しさだけでは死ねません」

にっこり笑んでそう言うと、高成様は雰囲気が台無しだよ！　と喚いていた。

「明里。内裏と後宮のしきたりは厳しいと思うが、わからないことがあったら志摩姫や周りの女房に聞け。何かしでかした時は人を遣って俺を呼べ」

「ありがとうございます、哲成様。頼りになります」

哲成様は照れ臭そうに鼻の頭を掻く。

「さっさと行って、さっさと帰ってくるべきだよ。……き、気をつけて」

幸成様はそれだけ言って、私の傍から離れて行く。意地悪なのか優しいのか、相変わらずわからない。でも私が帰ってきてもいいと思ってくださっているのが伝わってきて、思わず破顔する。

「いってまいります！　幸成様！」

遠くで揺れる後ろ姿に声を掛けると、ほんの少しだけ片手を上げてくれた。それだけですごく心が弾む。

簡単に身支度だけして、迎えに来てくれた牛車に揺られて内裏を目指す。

何せ初めての場所だし、まさか内裏に上がる日が来るなんて全く考えてもいなかったから、緊張感で小さく指先が震えていた。抑えるようにぎゅっと手を握り込む。

「そんなに険しい顔をしないで。大丈夫だから」

志摩姫が心配そうに声を掛けてくれて、そこでようやく自分が顔を顰めていることを知る。

そうよね、大丈夫。一人ではないと言い聞かせ、顔を上げて大きく深呼吸すると、志摩姫の装束が目に入った。

「わあ、素敵な装束ですね！　志摩姫が十二単を着ているのを久しぶりに見ました」

弾んだ声を上げると、志摩姫はがっくりと肩を落とす。

「ようやく気づいたの？　遅くない？　さすがに男装のままだと後宮に入れないから、

迎えの牛車にあたしの十二単を積んでおくように有仁に頼んでおいたのよ。あんたが三兄弟と感動的な別れをしている間にさっさと着替えたんだけど」

「す、すみません……。緊張であまり目に入っていなくて。男装も素敵ですが、やはり十二単を着ていると、《憧れの志摩姫》って感じがしてドキドキします」

志摩姫は少し照れくさそうに物見の窓の外に広がる景色に視線を移す。

「それは……、何の襲ですか？　蘇芳の匂いの襲のように見受けられますが、一番下に着る単が青ではなく、深みのある濃黄色ですね……。素敵です」

感嘆の声を上げると、志摩姫はしょうがないわね、と言うように渋々口を開く。

「そうよ。蘇芳の匂いの襲。上から淡蘇芳が二枚、蘇芳が二枚で濃蘇芳。で、単が青つまり緑色ね。でもそれだとつまらないから単は濃黄色にしてあたし流にしたの。あんまり奇抜なことをすると内裏や後宮では歓迎されないけれど、そんなのあたしには関係ないから。人と同じ配色にしても全然楽しくないし」

「わ、わかります！　ほんの少しでも個性を出すのが楽しいですよね！　その襲、秋も深まった紅葉の葉のようですごく素敵です！」

出会った頃はまだ秋が深まる前の紅葉を表した襲だったけれど、今は秋も終盤のすっかり色が深まった紅葉。時間の流れを装束から感じ取って、感慨深くなる。

志摩姫のこういう繊細な気遣いにすごく憧れる。

装束の話を志摩姫としていると、不意に志摩姫が物見の窓から周囲を確認する。

「話をしている間に、内裏に着いたわ」

えっ、と物見の窓を大きく開き、私も外を覗く。すると塀がずっと向こうまで続いていた。もしやこれ全てが内裏なのかしら。あまりに巨大な内裏は、どこからどこまでなのかもわからない。

「ここは、兄上の――、鳥羽帝の里内裏である土御門内裏《つちみかどのだいり》よ」

「里内裏？」

「ええ。本当の内裏は、おじい様の白河院の代に燃えたのよ。四十年くらい前の話ね。それから帝は別の場所に住むことになったんだけど、それを里内裏って言うの」

「でも四十年近く前に燃えたのなら、すでに再建されていてもよいのでは？」

「そうね。実際にもう再建されているみたいなんだけど、兄上は土御門内裏のほうがいいみたいで引っ越すつもりはないみたい。それに土御門内裏は、本物の内裏と建物の配置とか数とか真似《まね》して作ったみたいだから、引っ越しても代わり映えしないしね」

それはすごい。内裏を二つ建てるのと同じだ。

ごくりと喉を鳴らしていると、牛車が門をくぐり中に入る。

物見の窓から覗く景色に、ただただ圧倒される。

塀の中に建つ、建物の大きさや数、行き交う忙しそうな男性の数、そして彼らがなんと優雅な装束をお召しになっているのか――。

まるで物語の世界にそのまま飛び込んだみたいだわ。

ああ、あの御方、束帯をお召しなのに、石帯や小物がすごく素敵。あの建物も趣向を凝らした造形の彫刻が飾られている。すごい。胸のときめきで倒れそう――。

十二単を着た女房たちの姿は道端にはさすがになくて残念。

彼女たちの姿を早く見たくてたまらなくなる。

窓を閉めずにずっと外を覗いている私に、志摩姫は「降りたらもっと近くでいろいろ見ることができるわよ」と言って呆れていたけれど、志摩姫は無理やり窓を閉めることもなく、興味深げに景色を眺める私をただ見守っていてくれた。


「昨夜わたしは一足先に内裏に戻り、主上に話を通しておきました。これから明里殿は志摩と同じく、璋子様の女房としてお勤めください。無論、璋子様にも今回のことはお話しししておりますのでご心配なさらず」

出迎えてくれた有仁様が、後宮の入り口まで案内してくれた。

「それでは何かあれば、遠慮なく言ってくださいね。ここから先は女性のお二人で」

有仁様に向かって深々と頭を下げると、有仁様は微笑んで背中を押してくれた。

帝の后である璋子様は、一体どんなお方なのかしら。

緊張と期待に胸を支配されて、落ち着かない。

「明里、こっちよ」

迷いそうな私の手を引いて、志摩姫は渡殿を渡った。そこはもう別世界。

十二単を纏った美しい女性たちが、何人も何人もいたるところにいて目を奪われる。

すごい――。想像以上の光景に、ぽかんと開けた口が開きっぱなしになってしまう。

まるで美しい蝶《ちょう》をいくつも捕まえてきて、屋敷の中で放し飼いにしているみたい。

月にあるという、天人の国に迷い込んでしまったのかしら。

ああ、あの方の装束、素敵。重ねた衣の色を覗かせる分量が絶妙だわ。着ているとどうしても着崩れして、この色だけ多く出ていた！　とか、逆に差し色の衣が全然出なかった！　とかよくあるから、着付けが上手な方は心の底から尊敬する。

お持ちの扇や、化粧の仕方も洗練されていて、自分の勉強不足を思い知らされる。

でも落ち込むよりもずっと、胸の高鳴りが止まらない。

はあ……、さすが後宮。何もかもが素晴らしいわ。

うっとりと眺めているると、志摩姫が私の手を強く引く。

「もう！　これからいくらでも見ることができるわよ！　早く歩いて！」

「もうちょっと……。あの方の装束の色目が素晴らしくて……。もっと近くで――」

「見ないから！　早く！」

ぎゃあぎゃあ騒ぎながら歩いていると、御簾の奥から楽しそうな笑い声が響く。

志摩姫は急に顔を赤らめて、立ち止まって声を掛ける。

「璋子様、もしやそこにいらっしゃるのですか？」

「ええ。どうぞ、お入りになって」

慈愛に満ちた、優しい声。これが璋子様の声。

部屋の中にいた年上の女性が、流れるような所作で御簾をゆっくりと上げてくれる様子を見たら、どっと心臓が跳ね上がる。

扇で顔を隠し、目線は下に向ける。志摩姫が部屋の中に入るのに続いて私も御簾をくぐり、床に手をついてひれ伏す。

「明るい笑い声。志摩がそんなに楽しそうなのを見たのは、わたし、初めてよ。主上と有仁から話は聞いているわ。そんなに怯《おび》えず、顔を上げて」

静かに顔を上げ、伏せた目線を彼女に向ける。

五つ衣は上から紅、淡紅《うすくれない》、淡紅より少し淡い淡紅、白さらに白、そして肌着である単は白。

——紅の薄様の襲。

「わたしが璋子です。よろしくね」

ふっと緩ませた目尻が垂れる。黒目がちな目、雪のように白い肌。小ぶりな鼻に、赤い艶のある唇。万人がこのお方に目を奪われると確信するほどの美貌。

小柄な璋子様が纏う紅が華やかさを増し、気品と仄かな色気を漂わせている。

目が合っただけで、多くの男性を虜にしそう……。

つい見惚《みほ》れていると、志摩姫に肘で突かれて我に返る。

「も、申し訳ありません。鷹栖明里と申します。春日家の女房としてお勤めさせていただいておりますが、しばらくの間こちらでお世話になります」

「貴女がどうしてここに来たのかも、全て承知しておりますよ。ここでは女房勤めは隠《かく》れ蓑《みの》程度にしていただいて、志摩と共に主上をお守りくださいね。何かあれば志摩や、ここにいる堀河《ほりかわ》に相談なさい。堀河も事情を承知しておりますから」

璋子様のお傍には、先ほど御簾を上げてくれた女性が、扇で顔を隠しながら座っている。もしかして堀河様とは、和歌がとてもお上手で有名なあの堀河様かしら。

嘘みたい。憧れていた世界の中にいると実感して気持ちが高揚する。

「はい！　一刻も早く解決できるように頑張ります」

深々と頭を下げると、璋子様は微笑んで衣擦《きぬず》れの音だけ残して退出していった。

二

「あの子でしょ？　春日家の女房って」

「ええーっ、あの三兄弟の女房なの？　あの子が？」

「どんくさそうな子ねえ。ちょっと意地悪しようかしら」

御簾の隙間から手が伸びてきて、私の衣の裾を引っ張ろうとするのを、さっと避ける。すると「なんなのあの子！」という喚き声が御簾の奥から響いてきた。

土御門内裏に来て、五日すぎた。どうやら私は周りの女房たちの反感を買っているらしい。

「気にしたら駄目だからね」

志摩姫が私と御簾の間に入って、他の女房たちから守ってくれる。

女房の入れ替わりはよくあることらしいが、入ってすぐの女房が優遇されると目をつけられるそうだ。私は志摩姫の後輩女房にしてもらい、仕事を教えてもらうという体で、文についていろいろと二人で探っている。

毎日ではないけれど、志摩姫は普段から帝が清涼殿にいらっしゃる時に、《璋子様からの言伝《ことづて》》という形で帝に報告に出向くのがおきまりになっているそう。

それに私が同席することが他の女房たちには許せないことらしい。特に今はこのような不穏な状況だから、志摩姫は心配で帝に頻繁に会いたいらしく、帝が清涼殿にいらっしゃると聞けば必ず足を向ける。

文の件があるから私も同席しているのだと事情を知らない女房たちは、ゆくゆくは私も帝の妃《きさき》になるのではないかと噂している。しかもあの春日家の女房だということも、彼女たちの反感をさらに煽っているようだ。

面白くない。それは冷静に考えればわかる。

本当の理由は違うし、気にしてはいないつもりだけれど、それでも小さな嫌がらせが積み重なると、さすがに辟易《へきえき》する。

「春日家に来た当初、幸成様から受けた数々の嫌がらせをもう一度受けているようです。かわし方も熟知しておりますが、敵意を向けられるのは辛いですね」

「幸成様から嫌がらせねえ。あの人も大分拗《こじ》らせているわね……。とりあえず、一緒にいる時は守るし、酷いことされたらすぐにあたしに言うこと！　いいわね？」

志摩姫は私を励ますように背中を叩く。俯いて猫背になっていた私は、その衝撃で胸を張ることになって、視界が一気に開けた。

志摩姫の存在にすごく助けられている。

こうやって長い時間一緒にいるようになって、装束の話以外にも過去の話や後宮の話を聞くことができて、かなり打ち解けてきたような気がする。

「ありがとうございます。志摩姫が一緒にいてくださって、すごく心強いです」

微笑むと、志摩姫も笑顔を見せてくれる。その些細な変化に、心が軽くなる。

「さあ、早く兄上のところに行こう」

帝が清涼殿にいらっしゃると璋子様から伺って、今日の動きをご報告するために、後宮を出て内裏に向かう。

「今日も何も動きがなかったわね」

「そうですね……。二の文が届いた次の日に私が後宮に来て、それから五日すぎました。二十日間という時間制限があるならば、あと十四日しかありません。何の手がかりも見つからず、新たな動きもないですし、不安になってきました」

志摩姫は眉根を寄せて小さく頷く。後宮を出て、帝のいる御座所に向かう間、志摩姫の口数は極端に少なかった。志摩姫の焦りや恐怖が、その背中から伝わってくる。

「こんばんは」

呼び止められて我に返ると、縁の先には有仁様が立っていた。

「有仁、兄上はご無事？　報告に来たわ。特に何も起こっていないけれど……」

「こちらも特に不穏な動きはありません。どうぞ。お入りください」

有仁様に導かれて部屋に入ると、帝が様々な装束を前に寛いでいた。

「志摩、明里。今日もご苦労だったな。その顔は特に何もなかっただろう」

結果を出せないことにじわりと焦りを感じる。

帝は特に怒ることもなく、装束を重ね合わせて色味を楽しんでいる。

「兄上、ごめんなさい。すぐに犯人を捕まえようと思っていたのに……」

「よい。気にするな。恐らく二人が探っていることに気づいて、機会を窺《うかが》っているのだろう。あちらに二十日の制限という思惑があるかは不確かながら、時間制限を匂わせるものを送ってきた以上、必ず動く。だから今は待て」

「かしこまりました……」

自分の声に覇気がない。ここまで動きがないのなら、牡丹の花の意味をもしかしてはき違えたかしら。

帝をお守りできなかったらどうしようという不安が、頭をもたげる。

「明里。そのような顔をするな。ほら、装束について話をしよう」

「え……、装束、ですか？」

そういえば、帝も装束について並々ならぬ情熱をお持ちだと聞いた。

「そうよ、兄上！　明里にこの間考えた装束を見せてあげましょうよ」

「あの分厚い生地と糊《のり》を効かせて直線的な形状に仕上げたものだな」

「え……、直線的？　糊？　普通装束はゆったりとお召しになるものでは……」

「そう思うでしょ!?　でもね、すごく素敵なのよ！　見て！」

志摩姫が楽しそうに声を上げる。

装束についての話は尽きず、久しぶりに緊張感から解放された夜を過ごすことができた。

三

後宮に来て、八日目。依然動きは何もない。

「何にも動きがないわねえ……」

志摩姫は、ぼんやりと庭を眺めながら、はあ、と大きなため息を吐く。私も釣られてため息を吐いた。犯人捜しは一向に進展がなく、焦りばかりが増していく。

私たちは仕事と称して後宮内のいろいろなところに出没して目を光らせているけれど、聞こえてくるのは恋の話や誰かの悪口くらいで、不穏な噂も聞かない。

「あの、もっと内側に入らなければならないのではないでしょうか？」

「内側？　もう後宮の中よ」

「そうではなくて、心の内側です。もっと腹を割って話せるようにならないと、なかなか本音が出てこないと思うんです」

「それは、他の女房ともっと仲良くなるべきってこと？」

「はい。顔見知り程度の方に何か不審なことがなかったか尋ねられても、本音を言わないということがありますし……」

志摩姫はげんなりとした顔をする。

「ええ、それは嫌よ。あたし他の女房たちと馴《な》れあうのだけは無理」

うーんと唸る。確かにここに来て志摩姫が他の女房たちと仲良くしているところを一度も見ていない。皆志摩姫に対して何となくよそよそしく、異質なものとして見ている感じがある。

「せめて璋子様の他の女房たちと馴染むだけでも少し変わると思うんです」

「それって龍野《たつの》と静《しずか》でしょ⁉　さらに嫌よ！　いっつも恋とかどうでもいい噂話しかしていないんだから！」

璋子様の女房は、女房頭の堀河様を筆頭にして、龍野様と静様、他にも数名いるらしい。志摩姫は形だけの女房で、好き勝手に過ごしているせいで女房としての仕事はほとんどしていないようだ。それでも、女房頭である堀河様だけは、志摩姫を気にかけているように見える。

「そこまで言うなら、まずは明里が馴染んでみてよ！」

「えっ、私一人で、ですか⁉」

「そうよ！　その間あたしは今まで通り後宮に目を光らせているから。とりあえず今日だけ別行動！」

ぴしゃりと言って、志摩姫はさっと立ち上がり部屋を出て行く。急に一人になって不安が襲いかかってくる。……どうしようかしら。

でも自分から言い出したことだし、待っていても仕方ない。動きがないならその分こちらから動かないといけない。

私も立ち上がり、部屋を出る。

相変わらず後宮の中は洗練されている。庭の木の枝張り具合、調度品の置き方、几帳の色合い、そして御簾の隙間から覗く、姫君や女房たちの出衣の雅さ。

そういうものを目にすると、一気に高揚する。

期間限定とはいえ、私は今、流行の最前線である後宮に実際にいる。

後宮で働けるなんて、都の片隅で細々と暮らしていた私にとって、夢物語だ。それなのに何も勉強しないなんて心の底からもったいない。

よし、せっかく他の女房たちと仲良くなると決めたのだから、そういうものも彼女たちから学んで帰ろう。そうしたら、春日家でのお勤めも一層はかどって、春日家の皆様のためにさらに尽くせるかもしれない。

……皆様、お元気かしら。

後宮に来た当初、高成様から私宛に大量の文が届いたせいで、志摩姫が迷惑だから絶対に送るなと春日家に通達が行き、それ以降全く連絡を取っていない。

清涼殿に出向けば会えるかななんて思ったけれど、やはり高成様が後宮の入り口に居座ったらしく、志摩姫が激怒して接近禁止令が出てしまった。

後宮にいると三兄弟の噂はぽっと流れたりするけれど、ただ素敵だったという内容だけ。一体今何をしていらっしゃるのかしら。

春日家の皆様を思い出したら、寂しさが増す。

でもここで落ち込んだら駄目。頑張って犯人を突き止めて、それから帰らないと。

気合を入れ直して向かったのは、璋子様のお部屋。

「あら、珍しいですね。志摩は一緒ではないのですか？」

お部屋の傍に侍っていたのは、璋子様の女房頭である堀河様だった。龍野様や静様の姿はない。

「はい……。今日だけ別行動になりまして。あの、よろしければ何か仕事をお手伝いしてもよろしいでしょうか？」

尋ねると、堀河様は目を丸くする。

「主上からあなたがここにいる理由をお聞きしております。仕事もしなくていいと」

「はい。そうなのですが、本来私は春日家の女房です。志摩姫がいないからと言ってぼんやり過ごすよりも、せっかく後宮にいるのですから、勉強したいと思いまして」

そう言った私に、堀河様はこちらへと手招きする。

近くに寄ると、堀河様のお傍には衣が置いてあった。

「裁縫はできますか？　衣の裾がほつれているのを直していただけると助かります。私はこちらから直しますので」

「大丈夫です。お任せください」

衣が長いせいで引きずって歩いたり、自分で踏んだり、誰かに踏まれたり、私は幸成様に踏まれて破いたりするけれど、案外こうして生地が傷む。

置かれていた裁縫箱から針と衣に合う糸を手に取り、傷んだ部分を繕っていく。

表が濃紅、裏が紅梅の梅重《うめがさね》の装束だ。冬にこの色の装束を見ると、華やかで寒さが吹き飛ぶ気がする。これが璋子様の装束ならば、単は白と紫を重ねて……。

無意識の内に、針を運ぶ手を止め、傍にあった補修用の布を装束に当てていた。

「あら……素敵な襲の色目だわ。しかも貴女、素晴らしい針運びですね。春日家の皆様が望まれるのもよくわかります」

「そ、そうでしょうか……」

「ええ。私は長年璋子様の女房としてお仕えしております。多くの女房を指導してきたおかげで、縫い目を見ただけでどれほどの技術を持ち合わせているかわかります。もちろん色目を選ぶ才能があるかどうかも、です。どうやら貴女は、学んだだけでは得られない、天性のものを持っているようですね」

「そんな……。まさかそのようなことをおっしゃっていただけるなんて……」

「その才能、大事にしなさい。女房の質で、その家がどのようなものか、推し量る人々は大勢います。主よりも、前に出ることが多い女房という仕事。特に身分の高い貴族の方々は、女房に高い教養を求めます。どれだけ聡明な女房を手元に置いているかが、彼らの強みにもなるのですよ」

その言葉にハッとする。

「それは私が学べば学ぶほど、主の力になるということでしょうか」

堀河様は針を運ぶ手を止め、私をじっと見据える。

「その通りです。自分が学んで洗練されるほど、自分の主の評判を高めますよ」

私が成長すればするほど、皆様の力になる。

「だからこそ、女房の仕事に誇りを持ちなさい。私はこの仕事ほど、やりがいのある仕事はないと思っていますよ。貴女は自分の才能に自信を持ちなさい。そして自分の主を信頼し、尽くすことだけを考えていれば、何も恐れるものなどありません」

全身に、軽い痺れが走る。

目の前が一気に開けたようだった。世界の色が一段明るく目に映る。

「ありがとうございます、堀河様。心に留め置きます」

「――貴女の主が、貴女の信頼に足るものであればよいのですが。貴女も流されるだけでなく、自分の主は自分で選ぶことができることを忘れてはいけませんよ。聡明な女房は、引く手あまたなのですから」

私の主は、私が選ぶ。その言葉が胸に沁《し》みる。

実家にいた時の私は一体いつも何をしていたかしら。思い返すと、絵物語を読んでいたり、かさねの色目を考えるだけの毎日を過ごしていた。

それよりも今の、仕事をしている自分が好き。

春日家で慌ただしく走り回っているほうが、好き。

毎日充実して自分らしくいられる場所は、一つしかない。

自分を認めてくれる人たちの傍で、感謝しながら仕事をしたい。

「はい……。頑張ります！　ありがとうございます」

自分のあるべき場所に帰るためにも、絶対に犯人を捕まえてみせる。

「あの、堀河様。帝に届く不穏な文の件ですが……。何かご存じのことがあれば教えていただけませんか？」

「……二の文が届いた時に私も帝の文机の上に置かれているのを見ましたが、後宮のどなたからかの恋文程度しか思いませんでした。あまり不審にも思わず、このようなことになるとは……。それ以上のことは特に……」

不審に思わなかった、という言葉が、何となく心に引っかかる。でもこれ以上深く尋ねると警戒されてしまうかも。私は雑談に切り替えて、針を動かす手を速めた。

四

後宮に来て、九日目。不穏な文の件に動きは一切ない。

朝、志摩姫の部屋を訪ね、昨日気になったことをざっと話す。

「なるほど。堀河様がそんなことを言っていたのね」

「はい。あの、堀河様は二の文が届く前に一の文が届いたことはご存じだったんでしょうか」

一の文も志摩姫が見つけた。帝が使う牛車の中に置かれていた。

「知っていたわ。あたしが怪しい文を見つけたことを璋子様と堀河様に話した。何かあったら教えてって頼んでいたし」

「そうですか……。それならば帝に文が届くことに対して堀河様は警戒されていたはずだと思うのですが、帝の生活圏にぽんと文が置かれていても、不審に感じないものなのでしょうか。文机に文が置かれることはよくあることですか？」

「そうねえ……。後宮の妃たちが兄上に文を送ることはもちろんあるわ。璋子様の兄上への文は、璋子様の女房である堀河様やあたしが届けているけれど、兄上には兄上の女房たちがいるし、後宮の姫君たちにもそれぞれ女房がいるわ。各々独自の決まりで働いているから文が置かれていてもそれはそこの決まりなのだと思ったら、特に不審には感じないかも」

全て一律の決まりがあるわけではないから、そういうものだと思ったら特に何も感じないのも不思議ではないのか。

「でも、あの文の異様さに堀河様が気づかなかったのはやはり気になります」

「え？」

「堀河様が和歌の名手だというのは都の片隅で暮らしていた私も聞き及んでおります。そのようなお方が、花のないただの枝に括りつけている文を見て、おかしいと思わなかったでしょうか」

そう言うと、志摩姫は少し目を見張り、じっと何かを考えている。

文を括りつけている植物にも意味があることは堀河様ならよくご存じのはず。

「確かにそうね……。堀河様が犯人だと決めつけるのは性急だけれど、気に留めておくわ。今日も明里が堀河様と接すると警戒されるかもしれないから、あたしが堀河様を見張る」

「わかりました。私は別の女房たちから、もう少し情報を集めてみます」

また後ほどご報告いたしますと言って、志摩姫の部屋を出る。そして璋子様の女房たちを捜しに後宮を歩いていく。すると璋子様の部屋の近くの部屋で、控えている女房たちを見つけた。

「おはようございます、皆様方」

「え……、お、おはようございます……明里様」

「お、おはようございます……」

戸惑ったように、部屋の中にいた二人の女房たちが挨拶を返してくれる。

背の高いすらっとした女性が龍野様で、少しふくよかな女性が静様だと、ここに来た当初に伺った。いつも噂話をしたり、私や志摩姫の悪口を言っている女房たちだ。

だからと言って彼女たちを避けるわけにはいかない。志摩姫は彼女たちが噂話ばかりしていると言っていたから、後宮や内裏の中のことに敏感なはず。何か知っているかも。

彼女たちは、箱の中の物を出して何かをしている最中だった。

「よろしければお手伝いいたします。教えていただけませんか？」

「えっ、あ、はい……。えっとこれは璋子様の櫛《くし》です。清潔に保ちたいので――」

手入れの方法を学びながら、女房たちの間に入っていく。突然現れた私に対して、龍野様も静様も、警戒感を抱いているのか怪訝《けげん》な顔をしていた。

受け入れられていないことは百も承知だったけれど、めげずに彼女たちの説明を熱心に聞く。

元々都の片隅の辺鄙な場所に住んでいたせいで、周囲に姫君なんて住んでいなかったから、こうして同年代の女性たちと話ができることが正直新鮮だった。

「あの、皆様も元々は高貴なお方の姫君なのですよね？」

尋ねると、二人は目を見合わせる。どうする？　と探っているようだった。でもじっと見つめる私に根負けしたのか、龍野様が口を開いた。

「そうね。後宮に勤める女房は、ある程度の官位が必要だわ。素行に問題のある女が帝の大事なお后様の傍に侍るなんて、問題でしょ」

「そうですよね。あの、差し支えなければ、なぜ女房になられたのですか？」

「それはもう、清少納言様や、紫式部様に憧れてよ。後宮に勤めるってことは一種の地位になるし、もしかしたら素敵な男性に見初められるかもしれないじゃない」

きゃあ、という明るい声が部屋の中に響く。

「素敵な男性……」

「そうよ。まあ貴女はそのうち、帝に見初められるんでしょうけど」

龍野様の皮肉めいた言い回しに、明るい声で返す。

「ふふ。そのような戯言《たわごと》、信じる方がいらっしゃいますか？　私に璋子様のような美貌があるわけでもないですし」

否定すると、二人は顔を見合わせ、「確かにそうね」と呟いている。

「じゃあ、春日家の三兄弟はどうなの？」

さっき櫛の手入れについて教えてくれた静様が身を乗り出す。

「三人とも良き主です。それ以上も以下もありませんよ。仕事は仕事だと割り切っております」

「ええー？　そういうものなの？　あたしだったら絶対好きになっちゃう」

「静はいつも公私混同するのがよくないわね。明里様みたいに、仕事は仕事って割り切らないと」

わいわいと話に花が咲く。やはり男性や恋愛の話になると、すぐに互いの心の垣根が消えて打ち解けていくようだった。静様が急に含み笑いをして私に向き直る。

「ねえ、仕事だって割り切っているのはわかったけれど、正直に言うと三人のうち、誰が一番好みなの？」

「えっ……」

思わず固まる。三人のうち、誰が一番好み？

「そのようなこと……、あの、一度も考えたことがなく……」

「嘘だあ。あんな美男子が傍にいるなら、胸が高鳴ることもあるでしょう？」

そう言われて思い返す。

胸が高鳴ったと言えば、高成様の甘い言葉や、哲成様の広い胸、幸成様は——、考えたけれど、そんな雰囲気になったことがなかったわ。

「それぞれすごく素敵なお方ですから、それなりに胸がときめくことはありますが、恋だとかはよくわからなくて……」

「ええっ、恋はしたほうがいいよ！　すごく楽しいし、自分も綺麗になるから！」

「静は恋多き女だからねえ」

恋、か。女房として働き出してから、働くことばかり考えていて、恋とかそういうものを意識したことがあまりなかった。

「もしかして静様は、今も恋をなさっているんですか？」

「もちろん！　すごくいい感じでやりとりしている人がいるの。でもここ数日、彼から文が返ってこなくて。この間送った文がよくなかったかしら……。たまに内裏でお会いする時があるんだけど、あたし可愛くなかったのかなあ」

静様の表情がころころ変わる。満面の笑みになったり、不安げになったり、泣き顔になったり……。それがそのお相手を想う心によるものだとしたら、すごく素敵。

「ねえ、明里様は装束を選ぶのが得意なんでしょ？　静の装束の色目を選んであげてよ。たまにこの子、今これ着る⁉　っていうのとか平気で着るところがあるし」

「えっ、よろしいんですか⁉　もちろんです！」

頼りにされたことに、一気に心が弾む。

静様は、肌につやがあり張りもある。黒髪も豊かで、瞳の色も黒くて深い。話すと明るくなるけれど、黙っていると第一印象は親しみやすそうな落ち着いた人。少しふくよかなところも、温かみがあってすごく魅力的。

「そうですね……、鮮やかすぎる色や淡い色はあまり静様の魅力を引き立てないと思います。同じ赤でも唐紅のような明るいパッとした赤よりも、蘇芳のような渋みのある赤のほうが合いそうです。深みのある色を中心に選んだらいいと思いますよ。たとえば今の季節でしたら、黄菊や梅重などいかがですか？」

黄菊は上から蘇芳、淡蘇芳が二枚、淡い黄色が二枚、そして緑の単。

梅重は上から淡紅梅が二枚、紅梅、紅、濃蘇芳、そして濃紫の単だ。

蘇芳や、かすかに紫を含んだ淡い紅色である紅梅色は、静様によくお似合いになると思う。

「あ、ありがとう……。次に彼にお目に掛かる時は、その襲にしてみるわ」

「ええ。うまくいくことを祈っております」

少し打ち解けたのかしら。

昨日まで感じていた棘のような雰囲気はもうない。あるのは陽だまりの中にいるようなあたたかさだった。

「あの、最近内裏や後宮で不審なことはありました？」

尋ねると、二人はきょとんとする。

「何かあったかな……。いつも通りよね」

「うん。特に何もないかな。強いて言えば、明里様が後宮に来たくらいかなあ」

その言葉に、肩を落とす。

「何かあったの？　ねえねえ教えてよ」

しまった。本当のことを言ったら恐らく一瞬で噂が広まりそうだ。二人がどこまで知っているかわからず、迂闊《うかつ》なことは言えない。

「いえ……。私、幼い頃からずっと絵物語を読んでいたので、内裏や後宮にきたらモノノケとか普通にいるものだと思っていました。なので日々戦々恐々としていて……」

龍野様と静様は、爆笑する。

「いないいない！　物語の読みすぎよ！」

「で、ですよね……。よかった！」

何とかうまく誤魔化せたかしら。有益な情報と言える情報は手に入らなかったけれど、後宮で話ができる人が増えたことに胸が弾んでいた。

五

後宮に来て、十二日目。

龍野様や静様と少しずつ打ち解けてきたけれど、一向に怪しい文の動きはない。

志摩姫から聞いた話だと、堀河様に不審な動きはないらしい。

完全に膠着《こうちゃく》状態だわ。このままぼんやりと日々を過ごしていていいのかしら。

仕事の合間に空を仰ぐと、西の空が赤く燃えていた。最近は日が出ている時間がどんどん短くなり、冬の気配を漂わせている。

ふと、春日家の皆様のことが心をよぎる。

皆様は一体どうしているのかしら。毎日顔を合わせて話をしてきたから、こんなにも会っていないと、気になって仕方なくなる。

残り八日の期間限定だとわかっているけれど、だからと言ってこの焦燥感は簡単には消えてくれない。

大きなため息を吐くと、さらに体が重くなってずるずる俯く。

「明里。ちょっと」

呼ばれて我に返る。慌てて顔を上げると、志摩姫が立っていた。

「どうかいたしました？　もしや次の文が——」

「文のことじゃないの。でも一緒に来て」

疑問に思いながらも志摩姫の背を追う。気づけば後宮を出て、どこかの建物の中を進んでいく。

「この先の突き当たりの部屋。明里も毎日緊張して疲れたでしょう。息抜きしたら？」

息抜き？　どういうことかしらと尋ねようとした時にはすでに志摩姫は別の部屋に入ってしまった。

恐る恐る指定された部屋の前に立つ。

「——おい。疲れているの？　あんたらしくないけど」

御簾の奥から聞こえてきたとても懐かしい声に、目の前が真っ白になる。

気づけば御簾を跳ね上げて、部屋の中に飛び込んでいた。

「幸成様――っ」

部屋の中にいた幸成様に、考えもなしに勢いで手を伸ばす。

すると幸成様は私の手を取ってくれた。熱が伝わって思わずその場に頽れると、幸成様は顔を真っ赤にして、慌てたように私の手を振り払った。

「手を伸ばすな！　つ、つい手を取っただけだから！　つい、だぞ!?」

つい、でも何でもいい。幸成様の手の熱が、妄想でもなく実際にここにいることを教えてくれた。

「しっかり犯人を探っているのかよ！　さっさと片付けて帰ってくるべきだと思うんだけど！　あんたのことだから、滑って転んで、部屋に置かれた壺《つぼ》とか壊して弁償させられてないよね!?」

「させられていませんよ……」

幸成様の怒鳴り声でさえ懐かしい。罵倒されて安心するなんて、私、おかしい。

「幸成様……。会いたかったです！　お元気でしたか？　しっかり起きることができていますか？　私、心配で心配で心配で……」

心配で、と何度も言っているうちにふと気づく。心配、というよりは……。

「寂しかった……」

呟いた私に、幸成様は小さく息を飲んだ。

ぽろりと私の頬に流れ落ちる涙を目で追っただけで、幸成様は何も言わない。

「……文、送ったんだけど」

沈黙のあとに、幸成様が呟いた。

「文、ですか？」

「届いてないの？　このオレが、わざわざあんたに書いたんだけど！」

「ええ⁉　届いてないというか、高成様の文が大量に届いたせいで、志摩姫が春日家からの文は拒否したとお聞きしましたが……、ご存じないですか？」

「何それ。知らないんだけど」

「帰ったら高成様にお聞きください……」

ムッと眉を顰めた幸成様をこれ以上怒らせると、さっさと帰ってしまいそうだったから、この際、高成様にご説明してもらおう。

「あの、あとですぐに志摩姫にお願いして、幸成様の文を探しますね」

「もういいよ。探さないで」

「駄目です。家宝にしますから」

そう言うと、ようやく幸成様の眉間の皺が取れる。

「読まなくていいよ。ただ、元気にしてるかどうか知りたかっただけだから……、今知れたし」

その言葉に、胸の奥がざわめく。気にかけてくださっていたのかしら。

心配してくださった？　あの幸成様が？

そう思ったら、わっと涙が溢れた。

「……何で泣くの？」

「すみません……。幸成様の優しさが嬉しくて……」

「はあ？　オレはいつも優し――」

自分でその言葉が間違っていると気づいたのか、幸成様が口を噤《つぐ》んで苦い顔をする。

それがどうにもおかしくて、くすくす笑ってしまうと、幸成様が呆れた声を出す。

「……泣いているのに笑うなんて、ひどい顔」

「ふふっ、本当ですね」

袂で涙を拭う。それを見ていた幸成様が、静かに口を開いた。

「――ねえ、寂しかったって言ったけど、それはオレたちに会えなかったから？」

息を飲み、唇を真一文字に結ぶ。急激に涙が込み上げ、抑え込もうとしたけれど、小さく唇が震えているのが嫌でも伝わってくる。

言葉にならずに何度も頷くことしかできなかった。

「帰りたい？」

聞いたことのないほど甘い声音に、鼓動が高まる。

「帰りたい、です」

「実家に？　それとも——？」

くらくらする。至近距離で瞳を覗かれて、顔を隠すこともできずに暴かれている。

さらに目元が熱くなる。泣くつもりなんてなかったのに止まらない。

帰りたいのは、実家？　それとも——。

私が望んでいることなんて、幸成様にはお見通しだろう。

でもそれをあえてこのお方は言葉にさせる。

「春日家に、帰りたいです……」

私は雇われているだけで、春日家の家族ではないし、このお方は雇い主の一人。

雇い主が仕事を頼む上で私を望むのは理解できるけれど、私から進んで春日家に帰りたいなんて望んでしまっていいのかと、ずっと心に引っかかっていた。

初めのうちは報酬をいただいたらすぐに辞めたいと思っていた。でも今は辞めたくないし、ずっと勤めたい。

——春日家が、私の家だと思っている。

「じゃあ、帰ろう」

「え？」

戸惑った声を上げた私から、幸成様は目を離し、俯く。

「……初めは屋敷に家族以外の人間がいるのが許せなかった。いろいろ意地悪したけど、それでもあんたは気にもしないで大きな顔をして居座るし……」

「私も頑張っていたんですが……」

「わ、わかってるよ。それで、ここしばらく屋敷にあんたがいなくて、何か変なんだよ。オレの意地悪なんてどうでもいいような顔をして居座ってくれないと……、すごく困る」

目の前で無数の光が弾けて、輝く。

嬉しさや戸惑い、幸福感。定まらない感情が洪水になって私を飲み込んでいく。

私がいないと困る？　信じられないけれど、幸成様の頬の赤さを見ると真実なのだと伝わってくる。

「あんたってオレたちにとって、何なんだろうね？　よくわからないけど、それでもわかるのは、いないと嫌だってことだけ」

皆様にとって私はただの女房だ。でもそんなこと幸成様は百も承知で、女房以外のどんな存在なのかと尋ねてきている。

女房ではなく、『仕事』ではないもので、私は皆様の支えになれているのかしら？

「だから帰ってきてよ。主上に直談判《じかだんぱん》するから」

主上に直談判、と聞いて、我に返る。

「で、でもまだ帰れません！　私まだ手がかりを何も摑めていないんです！」

「なんでそんなに意固地なの？　オレが帰るって言ったら帰るんだよ」

「駄目です！　すごく帰りたいし、寂しかったし、幸成様や皆様に会いたかったんですが、まだ私——」

言うことを聞かない私に、幸成様は呆れたように小さくため息を吐く。

「オレがあんたの主だって忘れているの？　オレの命令は絶対だよ？」

「わかっています！　でも、このまま中途半端では帰れません！」

「はあ。どうしてオレが折れなきゃならないんだよ。……でもあんたらしいと言えばあんたらしいよね。じゃあ、夕餉だけとか。終わったら後宮に戻ればいいよ」

「ゆ、夕餉だけ？」

「そう。オレたちの夕餉を世話してよ。数時間だけだ」

うう、と唸っている内に、幸成様は「これが最大の譲歩」と言って、パッと私の手を掴み、ご自分のほうへ引き寄せる。

私はその勢いで幸成様の胸に飛び込むような形になった。

「――あんたがいなくて、オレも寂しかった。……明里」

一瞬だけ抱き締められて、すぐに幸成様は離れる。

耳元に残った幸成様の囁きが熱を生み、燃えるように全身を駆け巡る。

「ず、ずるいですよ。今まで一度も私の名を呼んだことなかったくせに……」

繋いだままの片手は、離れる気配はない。

「き、機会がなかっただけだし」

顔を背けたまま呟いた幸成様の頬は、私に劣らず赤い。

まるで真っ赤に色づいた紅葉のようで、思わず目を細める。

すると幸成様は静かに振り返って、何かを決意したように私を見据えた。

「……これからは呼ぶから」

心臓の音がさっきから耳元で鳴ってうるさい。

年下だし、今までずっと我儘な子供のように感じていた幸成様が、久しぶりにお会いしたら突然大人びて見える。

知らない男の人のようで、私——。

「……お願いします」

呟くと、幸成様は私の手を引いて歩き出す。振りほどくこともできた。でもしなかった。幸成様の我儘に逆らえないし、いえ、逆らいたくない。全部、受け入れてしまいたくなる。この気持ちは——何？

幸成様の後ろ姿を追いながら、このお方はこんなにも肩幅が広くて、『男性』だったのかしら、と考えていた。

六

「幸成が言いたいこともわかります。でも、期限はあと八日ほどしかないのですから、もう少し待ってくれませんか」

有仁様が困ったように首を横に振る。

「嫌だ。期限があるのはわかってるけど、オレは明里の主。明里に無理はさせたくないし、息抜きも必要だろ？　夕餉の時間だけだから折れてよ」

「慣れない環境で明里殿が無理をしているのはわかりますが……」

「はあ。理解できないならいいよ。このまま連れ帰るだけだ」

幸成様が有仁様に言い返すのを傍で聞きながらひやひやしている。気が気でないやりとりに肝をつぶしていると、有仁様のお傍にいた帝がケラケラ笑い出す。

「あの幸成が、女性のためにここまで意固地になるとは……。なるほど、そこまで明里が大事なのだな」

「だっ……、大事かどうかは主上には関係ありません。とにかく、許可は要りません。連れて帰ります、という報告です」

「そうか。だがな、息抜きをさせたいという言い訳ではなく、自分が明里とほんの少しの間でもいいから共に過ごしたいからだと言え。それが本心だろう」

にやりと意地悪く笑った帝を見て、完全に血の気が引く。これはもう幸成様の怒りが大爆発してしまうと、少し身構える。でも、部屋の中はしんと静まり返っていた。

「……そうですね」

幸成様は小さな声で告げただけだった。恐る恐る顔を見ると、陶器みたいな冷たい微笑を浮かべている。これは怒りが上回って、逆に冷静になっているのかしら。

「ははっ。いいぞ。許可しよう。明里には頑張ってもらっている。夕餉の間の少しの時間だけだが、春日家に戻ることを許そう」

「主上⁉」

「明里が後宮に来てしばらくの間、何の動きもなかったからまだ大丈夫だろう。少しの時間だけだが息抜きをして、残り八日、頑張ってはくれないか？」

帝の提案に、幸成様と顔を見合わせる。

「ありがとうございます。あの、我儘を申し上げまして大変申し訳ありません……」

「気にするな。そなたの我儘ではなく、幸成の我儘だからな。私としては幸成の男としての成長を感じただけで儲《もう》けたと思ったからよいのだ」

「お待ちください。男としての成長とは何ですか」

「それは言葉にしなくともわかるだろう。私から明里に言ってい――」

「やはり結構です。主上、余計なことは口にされませんように」

ぎろりと帝を睨みつけた幸成様に、帝はやれやれと肩を竦める。

「あの、心から感謝いたします。戻りましたら、より一層励みます」

ひれ伏すと、幸成様も主上に対して感謝を述べ、頭を深く下げた。

私のためにここまでしてくださったことを思うと、胸がじんと熱くなる。

初めはあんなにも、私のことを毛嫌いしていたのに。

一番頑《かたく》なに私を拒絶していたお方が、まさかこんなにも心配してくださっていたなんて。

先ほどから、ふわふわと雲の上に乗っているよう。

こんなにも心が浮遊するのはどうしてかしら。


帝の下を退出して、幸成様が牛車を手配してくださっている間に、私は璋子様の下へ向かう。数時間だけ春日家に帰ることを伝えると、璋子様は「そのほうがいいわ」とおっしゃって微笑んだ。

「慣れない後宮での生活に疲れたでしょう。こちらはわたしも志摩も堀河もいるし、気にしないで羽を伸ばして来てね」

お優しい璋子様に、心の底から感謝する。簡単に身支度をしていると、志摩姫がやってきた。

「先ほどはありがとうございました。夕餉の時間だけ春日家に戻ります」

「兄上からも聞いたわ。少しだけだし、こちらのことはあたしと有仁に任せて」

「はい。よろしくお願いします」

「まさか幸成様が迎えに来るとは思わなかったけれど」

「ありがとうございました。会えるように手引きしてくださって感謝しております」

「別に。兄上のお部屋へ行く途中で偶然会ったの。貴女のことをやたらに尋ねてくるから会ったほうが早いと思って。あんな必死な顔の幸成様なんて初めて見たわ。よほど貴女のこと——」

突然言葉を切った志摩姫に、きょとんとしながら次の言葉を待っていたけれど、志摩姫はそれ以上何かを言うことはなく、なぜか笑い出した。

「とにかく、幸成様がお待ちじゃないの？　何かあったらすぐに連絡するし、心配しないで羽を伸ばしてきなさい！」

「は、はい！」

返事をして、部屋を飛び出す。気づけば私は幸成様のもとへと駆け出していた。


「えっ、ええ!?　明里ちゃん!?」

「どうした。何かあったのか？」

春日家に戻るとすぐに、高成様と哲成様が迎えてくれた。

二人の顔を見て、さらに安心して目頭が熱くなる。

私が答えるより先に、幸成様が私たちの間に割って入る。

「特に何も。内裏で偶然明里に会ったから、連れ帰ってきただけ。もちろん帝の許可ももらっているから」

「はい。夕餉の時間だけですが、戻る許可をいただきました。またすぐに戻ります」

「そうか……。夕餉の支度などと考えるな。仕事もせず、ここでゆっくり過ごせ」

哲成様は、私の頭を優しく撫でてくれた。

仕事をしなくてもいいだなんて、それなら実家に帰るべきだと思うけれど、春日家でゆっくりしろとおっしゃってくださったことに感謝する。

頭を撫でる哲成様の大きな手を高成様がはたき落としたと思ったら、代わりに私の手を強く握る。

「うんうん。君は頑張り屋だから、ここにいる時くらい寛ぐんだよ。何か困ったことがあれば、すぐに駆けつけるから気兼ねなく僕を呼ぶんだ。いいかい？　哲成でもなく、幸成でもなく、僕、だよ」

高成様が私に顔を近づけて念を押す。距離が近い高成様を、哲成様と幸成様が引き剝がした。

「高成は頼りにならん。俺を呼べ」

「上二人こそ何をしでかすかわからないよ。だから、オレを呼ぶこと」

ああ、この感じ。春日家に戻ってきたことを実感する。

「ありがとうございます。何かあれば三人同時にお呼びしますからよろしくお願いします」

皆様は、私に向けて大きく頷く。

ただ一緒にいるだけで、こんなにも安心感を味わえるとは思わなかった。

皆様の顔を見たら、やはり私はここに帰ってきたかったんだと実感した。

七

「あの、やはり同席するのはよくないと……」

困惑していると、高成様が私を無理やり横に座らせる。そこには豪華な夕餉が並んでいた。

いつも三兄弟の食事の手伝いで傍に控えているけれど、一緒に夕餉を食べたことは今までなかった。三兄弟と一緒に夕餉を取るなんて躊躇《ちゆうちよ》する。

「また身分の差がどうこう言うんでしょ？　そんなの気にしないで一緒に食べようよ」

「早く食べて。あんまり時間ないんだし」

「すぐに後宮に戻るつもりなら、別々に食べていたら話もできないではないか」

「そうそう。皆、明里ちゃんとちょっとでも長く過ごしたいんだよ」

私と、とおっしゃってくださったことに嬉しくなる。

「あ、ありがとうございます。では失礼します」

おずおずと食事に手をつける。後宮で食べるよりも断然おいしい。それはきっと皆様が一緒にいてくださるから。

「食事をご一緒するなんて、考えてもいませんでした。まるで自分の家にいるみたいです。私、春日家に雇われているのに、まるで家族のようですね」

つい、そんなことを口走っていた。否定されたら思い切り傷付くかもしれないと気づいたのは、皆様がきょとんとした顔をしているのを見た時だった。

「もちろん明里ちゃんは僕ら家族の一員だよ。何を言っているの」

さも当たり前と言うように、高成様は言ってのける。

「え……、私は春日家の女房で……」

「女房だろうが何だろうが、明里の帰る場所はここだ。それはもう家族だろ。違うのか？」

違うのか？ だなんて——。

「オレも上二人の言葉に特に異論はないけど。同じ屋根の下で生活して、毎日顔を合わせているんだから家族なんだろうね。違うの？」

真正面から何の躊躇いもない言葉を掛けられて、心が震える。

幸成様が言った、「あんたってオレたちにとって、何なんだろうね」という言葉を思い出す。その答えはきっと——。

「……いえ、違いません。家族です」

小さく呟くと、皆様は満面の笑みを見せる。

そうか、家族だと思っていいのか、そう思ったら、一気に涙が溢れて落ちる。

「お、おい。どうした」

「きゅ、急に泣き出すのはやめてよ。心配になるから」

「明里ちゃん、どうしたの？ ほら、僕の胸においで？」

それぞれ窺うように私を覗き込む。

「すみません……。何だか急に兄上が三人できたようで嬉しくて……」

目元の涙を拭っていると、三人とも微妙な顔をする。

「兄だと思っては困る」

「そうだね。絶対に嫌だ」

「オレは元々年下だから、その考えは却下。弟もなし」

「ええ……」

私は兄弟がいないから、兄上という存在に憧れがある。頼れるし、なんでも相談できる兄が三人もできたと思ったらすごく嬉しいのに、全く伝わらなかった。

「あれ？　誰かが来たみたいだよ？」

高成様が玄関先から響く物音に身を乗り出す。私もその方向に目を向けると、男装した志摩姫が全力で縁を走っていた。後ろには有仁様が怒りの形相で志摩姫を追っていた。

「全く貴女は姫君なのですから、走らない！　何度言ったらわかりますか——」

「ちょっと皆聞いて！」

有仁様の説教を無視し、志摩姫は全力で走ってきて、何かを差し出す。

これはまさか——。

さっと冷たい空気が喉の奥まで入り込んでむせそうになる。

予想外の衝撃に、しばらく志摩姫が持つそれを呆然と眺めてしまった。

「三番目の文が届いた、のか？」

時間が止まったかのように硬直していた私を動かしたのは、哲成様の冷静な声だった。志摩姫は大きく頷く。

「そう。ついに届いたの。明里が春日家に帰ったあとから夜にかけて、誰かが帝の寝所に置いたみたい」

「とりあえず入って。座って話そうよ」

高成様が御簾を上げてくれる。食べかけの膳を脇に寄せ、車座になった。

「寝所に置かれていたとは、それまで誰も気づかなかったのか？」

「ええ。初めに気づいたのは部屋に入った兄上自身。すぐに見せてもらったわ」

車座の中心に、志摩姫は文を置く。

薄い紫色の紙で白い紙を包んだ、包み文。

志摩姫が文を開くと、やはり何も書かれていなかった。

「また白紙か」

「一体何を言いたいんだろう。文字すら書かれていないと永遠にわからないよ」

哲成様と高成様が首を傾げて腕を組んでいる。

確かに、この文からは何を言いたいのか一向にわからず、頭を抱えるしかなくてふがいない。

「この文からわかるのは、紙の色だけだよ。この薄い紫色の名は？」

幸成様は私に目を向ける。答えを求められているのだと察して口を開く。

「はい。恐らく半色《はしたいろ》だと思います」

「半色？」

「ええ。半色は、紫なのに濃紫でも淡紫でもない、半端な色という意味です」

紫は高貴なお方しか纏えない色。

古来、紫という色は全ての色の頂点に立つ色だとされてきた。

濃色と書けば、ただ色が濃いというわけではなく、深紫のことだった。『色』と言えば紫を指しているのだ。

紫は、色の絶対王者。色の中の帝王だ。

でも目の前に置かれている文の紙は、浅紫でもなく、深紫でもない、中途半端な紫色で染め上げげられている。

——もしやこれは、帝が半端な者であると言っているのかしら。

ふとそんな考えが頭に浮かんだ途端、ざわりと心が毛羽立つ。

待って。今までの文はどうだったかしら。

一の文は、松葉色の紙が使われていた。松葉色は、十五歳までの少年期に着用できる、永久不変を表す色だわ。

二の文は、萱草色の紙が使われていた。萱草色は凶色で、別離の悲しみを忘れたい時に着る色だ。またこれには首が落とされた牡丹の枝がついていた。つまり二の文は期限があることと危険が迫っていることを知らせるための文だった。

そして三の文は、半色。半端だということ。

全ての文は、何も書かれていない『空』の文。

あ——。

その瞬間、一気に扉が開け放たれて、一陣の風が吹き抜けていくような衝撃を受ける。雑多なものを吹き飛ばして、そこに残った答え——、それは……。

ぞぞっと不愉快なものが全身を駆け巡る。

これは帝に伝えていいものなのかしら。

『帝』だから憚るわけではなく、とてもよくしてくださったから、陰る姿を見たくない。私がそう思うくらいなのだから、もしかして皆気づいていても、口にしないかもしれない。

解いた問題の先が全て明るいものではないのだ。

それでも、ここで止まったままではいられない。皆様が憚って言えないものでも、私なら口に出せる。私にとってそのお方は、身分の差が開きすぎて最早本当に存在するかもわからないほどの人なのだから、無知ゆえに口に出せるだろう。

「あの――、私、これを送った方がわかりました」

全員の視線が私に集中する。そして私はそのお方の名前を口にした。

八

ここに戻るのは夕餉が済んでから。そう思っていたのに、私は夕餉もろくに取れないまま、早々に内裏に戻っていた。

「人払いは済みました」

有仁様が、神妙な面持ちで上座に座るそのお方に恭しく礼をする。

「そうか。では話してくれ。文の謎が解けたのだろう？」

「ええ、明里が解いてくれたわ」

志摩姫が声を上げると、帝は大きく頷く。

「では明里から話を聞こう。皆が話すと混乱するだろうから、そなたが話せ」

「わ、私がですか？」

「ああ。皆、外に出ろ。二人きりでじっくりと話す」

「ちょっとお待ちください。それは看過できません」

三兄弟が騒ぎ出す。

「あー、これは命令だ。聞け。有仁もだぞ」

有無を言わさない強さで帝が吐き捨てると、皆しぶしぶ外へ出て行く。

「兄上、あたしは残ってもいいでしょ？」

「……志摩は駄目だと言っても聞かないからな」

志摩姫が嬉しそうに私の傍に座り込む。

三兄弟が退出して、心細くてたまらなかったけれど、志摩姫が傍にいてくれることと、まるで凪《なぎ》の日の海のような帝の穏やかな瞳を見たら、不思議と私の心も凪《な》いだ。

「明里、大丈夫よ。あたしたちに説明したように、兄上にも教えてあげて」

小さく頷き、私は目の前に並べた三つの文を眺めて、深呼吸をしたあと、静かに口を開く。

「今まで不審な文が三通、帝の元に届きました。全て薄い紙が二枚重なったもので、一の文は松葉色の紙と白い紙、二の文は萱草色の紙と白い紙、そして三の文が半色の紙と白い紙の組み合わせでした。文には何も書かれていなくて、すべて白紙です」

「ああ、そうだな。何かわかったのか？」

「はい。まず三つの文の中で二の文だけ、牡丹の枝に文がつけられていました。萱草色は凶色で、忌事《いみごと》があった時に着用する色です。そして牡丹は二十日草。二十日のうちに謎を解かなければ、帝の身に危険がおよぶ——、これは単純に警告と時間制限を表している文です」

二の文にこれ以上の意味合いはない。

そっと避けて、一の文と三の文を横に並べる。

「一の文も三の文も、伝えたいことは同じです。一の文の松葉色は、十五歳までの男性が着用できる色。松の葉は永遠に色を変えない常緑樹です。つまり《永遠に少年》だということです。そして三の文は半色。これは深紫でも浅紫でもない、半端な色、という意味です」

帝は笑みを崩さない。じっと私を眺めているけれど、そこに何の感情も含まれていないのはなぜなのか。

「——この文を帝に送ったのは、白河院です」

帝の祖父で、この国の真の支配者、白河法皇。

白河院は、鳥羽帝の父君である堀河院が八歳の時に皇位を譲って、ご自分は上皇となった。それから幼い帝を補佐する名目で帝に代わって上皇が政を行っていた。

その後、病弱だった堀河院が亡くなり、目の前にいる鳥羽帝が幼少期に帝に即位した。白河院は堀河院、鳥羽帝の代わりに上皇として実権を握り続けている。

そのような政治形態は院政と呼ばれ、鳥羽帝が成長した今でも白河院が政治に大きく口を出しているのだ。

一瞬で、ぴんと空気が張った。異様な緊迫感に、握り締めた拳の中にじわりと汗が滲む。

帝は依然微笑んだままだ。

何の反応も示さないその姿に、違和感を覚える。

志摩姫が、無言のままの帝に業を煮やして口を開く。

「兄上、あたしも明里の意見が正しいと思うわ。白河院の名前を聞いた時、腑に落ちたの。あの方ならやりかねないって」

そうでしょう？　と尋ねた志摩姫に対して、帝は熟考しているのかまだ無言を貫いている。私と志摩姫は、声を掛ける雰囲気ではないことを察して、じっと黙ったまま、帝のお言葉を待った。

じりじりした息苦しさに、耐えきれないと思った時、帝はようやく肘掛けから体を起こして私たちに向き直る。

「なるほど……。そなたたちはそう読んだのだな」

「はい。松葉色は少年の色。半色は半端な色。帝に対して、そう言えるのは白河院だけですし、帝のことをまだ子供だと思っているのではないでしょうか」

言葉を濁したら説得力を失うと思い、はっきり口にすると、帝は苦笑する。

「では誰がこの文を置いていたのだ？」

「一の文は牛車の中。二の文は帝の文机の上。そして三の文は帝の寝所。徐々に帝の私的な場所に入り込んでいきます。内裏の中と帝の寝所がある後宮の中をそれなりに自由に動けるのは女房です」

「そうだな。では女房の中に犯人がいると？」

「いえ犯人は女房ではありません。ただ、女房の中に協力者がいます」

これはお一人では不可能だろうし、協力者は確実にいる。

「……恐らく、一の文と二の文は、犯人に頼まれた人が置いたものです。でも三の文だけは犯人がご自分で置いたと思われます」

「どういうことだ？」

「牛車の中、帝の文机の上は、内裏の中。そして三の文は後宮の中です。一の文が届いてから二日後に二の文が届きました。でも三の文はそれからかなり時間を空けて届いています。これはわざと犯人が間を空けたわけではなく、『予想外のことが起こったから置けなかった』からなのです」

　帝の頬から笑みが消える。

「二の文で二十日後と期限を指定してしまった以上、必ず二十日以内に、犯人の目的や要求が帝に伝わらなければ話が進みません。そのために、何度か示唆する必要がありました。三の文、四の文、五の文……。それ以上考えていたはずです。それなのに、予想外のことが起こり文を届けることができなくなったのです」

「それは、何だ？」

　帝から視線を外さずに口を開く。

「——私が後宮に来たことです」

　断言すると、帝の唇の端がにいっと上がる。依然その目は笑っていなくて、緊迫感がさらに私の体に伸し掛かる。

「志摩姫以外にも監視の目がもう一つ増えたことになります。しかも途中から私たちは別行動を取るようになりました。私たちは頻繁に移動したり、部屋に常駐したりしました。いつどこで私や志摩姫が見ているかわからないため、迂闊に動けなかった。

だからしばらく文が置かれることがなかったのです」

「なるほど」

「でも私が急に春日家に戻ることになったため、監視が緩み、三の文が置かれることになりました。一の文、二の文のように、後宮以外の場所に置くことも考えたでしょうが、夕餉が終われば私がまた戻ってくることを知っていたため、時間もないと思い仕方なく寝所に置いたのです。寝所ならば、そこにいることを誰かに気づかれても言い訳もできます。非常に私的な場ですから、誰にも気づかれずに置く機会など恐らく山のようにあります」

ごくりと唾を飲み込む。

そして、小さく呼吸をして、帝の目を見据える。

「志摩姫からは、帝が見つけたとお聞きしました。ですが、本当は別の方ではないでしょうか？　あの、一体どなたが寝所の文を見つけましたか？」

志摩姫は唇を嚙み締めて、帝を強い瞳で見つめている。

対して帝は、知っているくせに、と言いたげに、にやにや笑っていた。そしてゆっくりと口を開いた。

「――璋子だ」

やはり。無言のまま頷く。

「一の文と二の文を志摩姫が見つけたのは、仕組まれたことです。今回の一連の文は、帝の元に必ず届かないといけません。白紙の文である以上、間違えて捨てられることがあるからです。でも志摩姫ならば、帝の牛車にご一緒に乗られることもありますし、女房ですから帝の文机がある清涼殿に出入りできます。これは帝に宛てられたものだと志摩姫が気づいた時、志摩姫ならば心配してすぐに直接帝に報告するだろうと予測したのです。また、志摩姫がどこにいるのか、どこに行くのか、最低限の報告を本人からもらっていたはずです。そして志摩姫が毎日どのように生活されているかもほとんど把握できていた。そのようなお方は、志摩姫が女房として働いている、璋子様お一人です」

「……最悪」

志摩姫は悔やむように呟いた。

帝は笑みを消し、じっと黙り込む。再び訪れた静寂に、耳が痛くてたまらない。

「——白河院が璋子様に、文を置いてほしいと頼んだのだと思います。璋子様はご自分の女房である堀河様に手伝ってもらって、はじめは足がつかないように、一の文、二の文を内裏に置き、志摩姫に見つけさせたのでしょう」

堀河様は、璋子様の協力者。

あの時のわずかな違和感は、ご自分が手を染めていたことを隠すため。

徐々に時間がなくなった焦りから、璋子様が後宮の帝の寝所に文を置いたことで、逆に外部の犯行だとは言えなくなってしまった。

ほんの少しの綻びが、謎を解いていく。

「なぜ璋子様が白河院の手伝いをしているのかわかりませんが……」

「璋子は白河院の養女として育った。義理ではあるが父である白河院に頼まれたら嫌とは言えないだろうな」

そう言った帝は、穏やかな声音だった。璋子様との仲がこじれたら嫌だなと思っていたから少しホッとする。

「明里の言っていることはよくわかった。それならば白河院に会って直接尋ねることにしよう」

「えっ⁉」

「今から行くの⁉　兄上、もうかなり夜も更けているけれど！」

慌てる志摩姫には目もくれず、勢いよく帝は立ち上がって、御簾を払う。志摩姫と一緒に急いであとを追っていくと、縁で三兄弟と有仁様が話し込んでいた。

「今から白河院のもとへ行くぞ。有仁、今から伺うと先に伝えてくれ」

「承知いたしました。でもこのお時間では難しいかもしれませんが」

「いや、恐らく私が来るのを待っている。この時間でも私が会いたがっていると言ってみろ。すぐに了承するだろうから」

有仁様はそれ以上何も言わず、深々と頭を下げて足早に去っていく。

高成様が気遣うように私の肩を抱いた。

「明里ちゃん大丈夫だった？　主上が怖かったでしょ。一人にしてごめんね」

「大丈夫です。私のような者の話を、しっかり聞いてくださって帝には心から感謝しております」

「真剣に聞いていただけであって、怖がらせようとしたわけではないぞ」

帝がため息を吐く。どうしようかと思ったけれど、やはり気になる。

「あの、内裏にお戻りになりましたら、本当はどのようなことだったのかお伺いしてもよろしいでしょうか？」

おずおずと主上に尋ねると、首を傾げる。

「明里も一緒に行くのだぞ？」

頭を鈍器で殴られたような衝撃が襲い、目の前に星が飛ぶ。

「い、一緒に!?　無理です！　私がお目に掛かれるようなお方ではありません！」

実質的にこの国の頂点に立つお方なのだ。本来なら生涯関わることなどできないほどものすごく高貴なお方なのに。考えただけで膝や指が震えてくる。

「場違いすぎます……」

涙目になった私の震える指先を、幸成様が摑んだ。

「震えるなんて、そんなに繊細だった？　大丈夫なの？」

「繊細ですよ！　無理です……。恐ろしくて、もう……」

震えを抑え込もうと幸成様の手をぎゅっと握ると、幸成様の手が小さく跳ねたような気がする。幸成様が慌てて私の手を離した。

「そ、そう言うならオレの後ろに隠れていればいいよ。一人で行くわけじゃないし……」

一緒にいるから、そうおっしゃってくれているのが伝わってくる。それに気づいたら自然と震えが収まった。

顔を上げると、志摩姫と帝がにやにやしながら幸成様を見ていた。高成様と哲成様は鬼の形相。それを見た幸成様が、顔を真っ赤にしながら全員を睨みつけている。

「失礼いたします。牛車のご用意ができました」

帝の従者の一人が、声を掛けてくれる。皆歩き出したけれど、なかなか足が前に出ない私の背を、哲成様が気遣うように押してくれる。

大きな手が添えられて、そこから伝わる熱が勇気をくれる。

「あまり考え込むな。先入観に囚《とら》われると状況を読み間違うことがあるからな」

「……はい。そうですね」

頷くと、哲成様が私の背から手を離し、代わりに頭を優しく撫でてくれた。

ああ、やっぱりすごく安心する。

幼い頃に父上に頭を撫でられたのと似ているかも。

「ありがとうございます。私、頑張ります」

気合を入れて顔を上げると、哲成様は見たこともないほど優しく微笑んでいた。

思わず手で胸を押さえ込むと、手の平からいつもよりもずっと速い鼓動が伝わってきた。

九

土御門内裏を出て、牛車に揺られて白河院の住む白河北殿に向かう。傍には法勝寺《ほっしょうじ》という大きな寺があり、天を衝くような八角形の九重の塔が聳《そび》え立っている。夜の闇に沈むそれを物見の窓から眺めながら、私は緊張感と戦っていた。

「――白河院は皆様と会う、と。こちらです」

先に到着していた有仁様が話をつけてくれたのか、すんなりと屋敷に通された。

屋敷の中は美しく整えられ、庭に植えられている草木や、調度品から初冬の気配を感じ、思わず見入ってしまいそうになる。

皆様の最後について部屋に入ると、すでに上座に恰幅《かっぷく》のいい男性が座っていた。

あまり目を合わせないように顔を伏せ、扇で顔を隠して一番末席に座る。

「本日はこのような夜更けに突然お伺いいたしまして、申し訳ありません。快く迎え入れてくださって、感謝しております」

帝が白河院に向かって深く頭を下げる。それに倣って私たちも頭を下げた。

「よい。ようやく動いたと聞いたから、今夜あたりそろそろ来るだろうと思っていた」

「――と、おっしゃいますと、やはりこのいたずらの主は貴方ですか」

三つの文を懐から出した帝は、白河院に見せるように並べて床に置いた。

「最早知らないとは言い逃れできませんよ？」

淡々と告げた帝に向かって、白河院は豪快に笑った。

部屋の中に笑い声がひとしきり響いたあと、白河院は大きく頷いた。

「確かにその文を送ったのは自分だ。なぜかわかるか？」

「……ええ。嫌になるほど心当たりがあります」

「そうか。自分はな、上皇として長年政治の実権を握ってきた。今が頂点かと思っても、さらに上がある。それを何度か繰り返して、この国をほぼ掌握した。そうやっている間、そなたは何をしていた？　帝の地位にありながら、いつまでも子供のように遊びまわってはのらりくらりと生活している。だからその色が似合いだと思ったのだ」

「私を、未熟で半端な帝、だと」

くつくつと肩を震わせて、白河院は笑っている。

「そうだ。自分も年を取り、もう五十だ。そろそろ寿命を迎えてもおかしくはない。そうしたらそなたが上皇となって政治を行う。できるのか？」

「……さあ。ですが、今回この謎を解いたのは私ではなく私の家臣たちなのですよ」

帝がほんの少し顔を上げ、背後にいる私たちの顔を見る。

「——それがお望みだったのでしょう？」

白河院は、急に口を噤んだ。そして帝をじっと見つめる。

「璋子にこのようなことを頼まないでください。いくら元々璋子が貴方の養女だったとしても、己の后を疑いたくありませんので」

パシッと白河院は持っていた扇で自分の手の平を叩く。

そうして、帝の目を見据える。

「楽しかったか？」

「いいえ、全く。ただただ不快です。余興を与えるのならば、次はもっと楽しめるものにしていただきたい」

また部屋の中に白河院の笑い声が響く。

「……もしも四の文を送ることになったら、空木《うつぎ》の木に文を結ぶ予定だった。いいか？　空木はそなたのことだ。つまりそなたには遊び歩く悪友は大勢いるが、頭の切れる忠臣がいない、中身のないからっぽの帝だと、一日も早く自覚してほしかったのだ」

その言葉に、帝は唇の端を上げる。

「ええ。そうでしょうね。だからこそ、今回私はほとんど口を出しませんでした。謎を解くのが自分以外の人間であれば、貴方にも私のために働いてくれる者がいることを示せるかと考えたからです」

白河院は帝の言葉にほんの少し目を見張った。けれどすぐに目元を緩める。

「そなたは初めから裏に私がいることを知っておったか」

帝は無言のまま笑みを崩さない。それを見て、白河院は大きく頷く。

「そこにいる家臣たちを大事にしろ。いくら帝といえど、己一人では内裏にはびこる魑魅魍魎《ちみもうりょう》には決して勝てないからな」

それだけ言い残して突然立ち上がり、白河院は部屋から退出する。

しんと静まり返った部屋の中で、私はようやく異様な緊張感から解放されていた。

十

早朝、後宮で自分が使っていた部屋の片付けをし、音を立てないように掃除をする。

私の役目は終わったから、白河院の御所からそのまま春日家へ戻ろうと三兄弟はおっしゃってくださったけれど、荷物の整理や片付けをしないといけないと言って、一旦後宮へ戻った。軽く仮眠は取れたけれど、どうにも興奮して寝付けず、すぐに目が覚めてしまった。

もう少ししたら春日家から迎えが来るから、それまでに綺麗にしておこうと、片付けを進めていると、御簾の向こうに誰かが立っていることに気づく。そっと押し上げると、帝が縁に立って空を眺めていた。

「主上……？　いかがなされました？」

「明里か。いやそなたに礼を言っておこうと思ったのだが、あまりに熱心に掃除をしていたから声を掛けるのを躊躇っていた」

「そんな……。お気遣いありがとうございます。お待たせして申し訳ありません」

帝は小さく頷いて、また空に浮かぶ雲を見上げる。

朝焼けに染まる空を、帝と共に見上げながら、口を開く。

「あの、帝にご無礼なことを申し上げまして、本当に申し訳ありませんでした」

深く頭を下げると、帝は「気にするな」と言ってくれる。

「半端で未熟、からっぽの帝、か。全部正しいことだ。そなたが心を痛める必要はない」

「でも……」

「明里には感謝している。わざわざ後宮にまで来てくれて、志摩の支えになり、犯人を明らかにし、璋子が一枚嚙んでいることも突き止めてくれて助かった」

「いえ……。あの、璋子様が関わっていることに、帝は気づいていたのですか？」

「薄々気づいてはいたが、確証はなかった。本来なら明里は璋子の女房ではなく、私の女房として働いてもらったほうが、明里も動きやすいとは一度は私も思ったよ。だが璋子が白河院の協力者だと確かめるためには、璋子の傍のほうが明里は気づきやすいかもしれないと思ったのだ」

確かに、璋子様の女房として後宮に上がったことで、璋子様だけではなく、堀河様にも近づけたし、図らずも二人を見張る形になっていた。

「だからわざと二の文が届いたことと、明里のことを璋子に打ち明け、明里のことを璋子に告げ、明里を璋子の女房にした」

もしや私たちは初めから、帝が思った通りに動いていただけ？

それに気づいたら、息を継ぐのも忘れて帝の言葉に聞き入る。

「璋子は警戒してしばらく文を置かなくなると踏んだが、その通りになった。そのうち幸成が明里を連れ帰りたいと言ってきて、快く了承したが、あれも明里が少しでも不在となれば、璋子が動きやすくなってしっぽを出すと思ったのだ。焦っていたのか案の定璋子がすぐに動いたことで、黒だと確信したぞ」

すべて帝はわかった上だったのだ。私も皆もその手の平の上で躍らされていたのか。

どっと疲れが押し寄せ、思わず俯く。

このお方は決して半端者や空木などではない。

非常に優秀なお方なのだと知る。

「そういえば……」

帝は枝の上で飛び跳ねる小鳥を眺めて呟く。

その声が急に頼りなく響いて、不安を生む。

「最初の文が、少年を示す松葉色で染められていたな」

ぽつりと呟いた帝の横顔は、寂しそうだった。

「換羽しない鳥は羽ばたけない。これを機に私も『大人』になれと言われているんだろうな」

幼い羽根を全て落として、大人になる。

それには多少の痛みも必要なのだろう。

「これからもよろしく頼む。もちろん何かあればいつでも頼ってくれ。私は明里に感謝しているぞ」

帝が縁を歩き出すと、驚いたのか小鳥は飛び立った。

青い空に吸い込まれていくその姿を目で追いながら、私は荷物をまとめようと部屋に戻った。

終章

「あ、静様から文だわ」

声が弾む。後宮から春日家に戻ってしばらく経った。霜月も半ばになり、本格的な寒さが訪れていた。

あれから静様や龍野様、そして堀河様と文の交換をしている。春日家に戻ることを皆様が知った時、悲しんでくださったことが、すごく嬉しかった。

静様からの文を開くと、以前話していた想い人とうまくいったことが書かれていた。私が選んだ装束を着たら、すごく褒めてくれて今度二人きりで会う約束をしたらしい。しかもその時の装束を明里様に考えてほしい！　だなんて、嬉しすぎる。

文から静様の興奮が伝わってきて、読みながらにやにやしてしまう。

「ちょっと、気持ち悪いわよ」

ため息を吐かれて顔を上げると、すぐ目の前に志摩姫が立っていた。

「し、志摩姫⁉　どうしたんですか？」

「どうしたって、遊びに来たのよ。何をにやにやしていたの？」

尋ねられて、名前を伏せたまま、後宮であったことを志摩姫に話す。

「あーなるほど。静のことでしょ。今、後宮ですごく噂になってるのよ。あんたに装束を選んでもらうと恋が叶うとか」

「ええ？　なんですかそれ」

「静が言ったのよ。そしたらわっと広まったって感じよね。こうなったらもう、一緒に装束を考えましょうよ！」

志摩姫が声を弾ませる。

「もちろんです！　ぜひとも、志摩姫と一緒に考えたいです！」

嬉しくて、思わず志摩姫の手を摑む。すると志摩姫は俯いて呟いた。

「……あの、兄上を助けてくれて、親身になってくれて本当にありがとう」

小さな声だった。でもしっかり伝わった。志摩姫が恥ずかしそうにしているのを見ると、きっと生半可な気持ちで言ったわけではないとわかったから。

「いえ。少しでも志摩姫のお力になれて、私も嬉しいです。これからも何かあればお力にならせてください」

「うん……。明里のこと、勝手に好敵手扱いしてごめん」

「全く気にしておりませんよ」

「あんたが気にしなくても、あたしが気になるの！　本当にごめんね！」

律儀な志摩姫に微笑むと、志摩姫はちらりと私を窺う。

「あたし、今まで親身になってくれる人があまりいなかったから、本当に嬉しかった。ありがとう明里……」

「それは私もですよ。志摩姫と出会えて本当によかったです」

「志摩、でいいから！　敬語もいらない！」

「え……」

「いい？　そうしなかったら返事しないから！」

志摩姫、いえ、志摩の頬は真っ赤だった。

「嬉しい……。ありがとう志摩。志摩と友達になれて、すごく幸せ」

いつか言えなかった『友達』という言葉を、今では言える。

志摩は本当に嬉しそうに微笑んで「あたしも幸せ」と言ってくれた。

「あのね、この間の文の件を解決してくれたお礼にお酒を持ってきたの。兄上も有仁もそろそろ来ると思う」

えっ、と声が漏れた時にはすでに、志摩の背後に帝と有仁様がいるのが目に入った。

慌ててひれ伏す。

「も、申し訳ありません！　お出迎えもせず失礼いたしました！」

「声を掛けようとしたが、志摩が牛車を飛び降りて、まるで自分の屋敷のようにどんどん入って行ってしまってな。悪かった」

帝が謝ってくださったのを聞いて、背筋が凍る。

「いえいえいえいえ、全く構いません！　すぐに皆様お呼びいたします！　まずは母屋へどうぞ！」

慌てて案内し、三兄弟をそれぞれ呼びに行く。志摩姫が持ってきてくださったお酒を飲むために、皆様の杯を用意してお持ちすると、すでに部屋の中は楽しそうな笑い声で満ちていた。

帝は大人にならなければとおっしゃっていたけれど、今この時を楽しんでほしい。そんなことを考えながら、部屋に入る。杯にいただいたお酒を注いで回っていると、急に帝が手を叩いた。

騒がしい部屋の中が一瞬で静まり返る。

「決めたぞ。私は明里を傍に置こうと思う。後宮に来い。よいな？　明里」

目玉を落としそうなほど大きく目を見開く。

帝が一体何を言ったのか全くわからず、しばらくそのまま固まっていた。

「明里が傍にいれば、今回のような怪しい文が届いても解いてくれるだろうし、自分も心強い。もちろん女房としてではなく、妃としてだぞ」

「兄上。それ、すっごく賛成よ。明里が兄上の元に入内《じゅだい》すれば、明里に毎日会えるしすごく素敵。わざわざ春日家まで来なくてもいいし、絶対楽しいじゃない」

志摩が私の手をぎゅっと握ったことで我に返る。

「え、ええっと……それは……」

無理です。仕事がありますし、と言おうとした瞬間、ぐいっと強い力で腕を引かれる。

「お待ちください。それは帝といえども、聞き捨てなりません。この中の誰よりも一番先に明里に求婚したのは俺ですから」

「て、哲成様⁉」

「ちょっとー、早い遅いとかは関係ないよ。明里ちゃんはぜーったいに渡さないから」

「高成様⁉」

今度は逆方向に腕を引かれる。酔っぱらっているのかしら。

そんなに飲んだのかと不安になった時に、有仁様が私の手を取る。

「お待ちなさい。実はわたしも明里殿のことが気になっていたのだよ。文を送ったのはわたしが一番先。明里殿、共に四六時中装束のことを考えませんか？」

「有仁様……!?」

「ちょっと。本気でやめて。その汚い手で明里に触るな」

三人を押しのけて、解放してくださったのは幸成様。

本気で怒っているのか、声音はいつもよりもずっと低く、ピリピリした鋭い気を纏っていた。すると志摩姫が大笑いして、皆様は幸成様をさらに茶化している。

何だろう。最近こういうのが多いような。

もしかして、この一連の流れで友情を深め合っているのかしら。

ああ、きっとそうだわ。むきになって怒ってくださる幸成様を茶化すための……。

ん？　でもどうして幸成様はむきになってくださるのかしら。

尋ねようかと思ったけれど、皆様楽しそうだからまた今度にしよう。

気づけば私も皆様の笑顔に釣られて、声を上げて笑っていた。

楽しい。私、ここに来て本当によかった。

「あのね、誰かのものじゃなく、明里ちゃんは春日家のものなの。この家の一員なんだよ！　僕らの家族なの！」

高成様の言葉に、胸が熱くなる。

働いた報酬をいただいたら、実家の屋根を直す。そうしたらさっさと辞めようと考えていたけれど、このままずっと春日家で働いていきたい。

皆様といつまでも笑っていたい。

「明里」

名前を呼ばれて振り返ると、幸成様が微笑んでいた。

「……明日の朝オレを起こしたら、装束を選んで。いい？」

今まで私に装束を選ばせてくれなかったのに。

「もちろんです！　明日も明後日も、ずっと選ばせていただきます！」

色とりどりの世界の中で、貴方だけの色を選びたい。

あまりに嬉しくて、気づけば幸成様に向かって顔も隠さず、満面の笑みを向けていた。


【了】

あとがき

『平安かさね色草子　白露の帖』をお手に取っていただき、誠にありがとうございます。梅谷百《うめたにもも》です。お楽しみいただけましたら心の底から幸せです。

ここまでたどり着くのに、いろいろと紆余《うよ》曲折《きょくせつ》ありましたが、このように一つの形になったことに胸を撫でおろしております。

プロットを作っていた時に、やっぱり大好きな歴史ものをもう一度書きたいなあと思い、以前鎌倉時代を舞台にした作品を書いたので、今度は麗しき平安時代を書いてみたいと考えました。平安時代といえば十二単！　装束！　煌びやかな宮中世界！　と盛り上がりのまま装束や色をモチーフにしたものを書こう、と決めました。

その後、大後悔したのは言うまでもありません。同じことを調べているのに、資料ごとに違うとか、迷うことが多々あり、千年近く前のことですから正確なことが伝わるのは難しいし、まだまだ研究途中なのだと改めて身にしみました。ですが、それがまた想像の幅を広げ、歴史系の作品を書く醍醐味《だいごみ》だと実感しました。

今回は装束の専門用語や、現代ではぴんとこない色の名前などが多数出てくると思います。歴史が苦手な方は、こんな感じの装束を着ていたのか、昔は青と言えば緑だったんだ、くらいで全く構いません。装束以外にも、明里と三兄弟のやりとり、帝に送られてきた文の謎、明里と志摩姫の関係などを楽しんでいただけたら幸いです。

　今回、この小説を書くにあたって、多大なお力添えをしてくださいました担当のO様、K様、そして、私が一作目を出版した際にご一緒していただいたY様と久しぶりに作品作りができました。このような機会をいただいたことがすごく嬉しくて、自分の中でとても大事な一冊になりました。いつも親身になって相談に乗ってくださいました担当様方に、非常に感謝しております。

　また、雨壱絵穹《あまいちえそら》様がすっごく可愛くて素敵なイラストを描いてくださいました。表紙は高成が狩衣、哲成が直衣、幸成が束帯姿です。全員素敵で感動しております。

　さらに、鋭い指摘をして下さる校閲様、資料を使わせていただきました研究者の皆様、そしてこの作品に関わっていただいた全ての方々に心からお礼申し上げます。

　ここまで読んでくださいました読者様。皆様のおかげで、私の頭の中にしか存在しなかった物語を、こうやって一つの形にすることができました。本当にありがとうございます。またどこかでお会いできましたら幸いです。

　――この本を手に取ってくださった皆様に、特大の愛と感謝を込めて。

世界が平穏を取り戻しはじめた、雨の気配が満ちる一日より　梅谷　百

＜初出＞

本書は書き下ろしです。

この物語はフィクションです。実在の人物・団体等とは一切関係ありません。

メディアワークス文庫

平安《へいあん》かさね色草子《いろそうし》

白露《はくろ》の帖《じょう》

梅谷《うめたに》 百《もも》

2020年7月22日　初版発行

発行者　郡司 聡
発行　株式会社KADOKAWA
〒102-8177　東京都千代田区富士見2-13-3
0570-06-4008（ナビダイヤル）
装丁者　渡辺宏一（有限会社ニイナナニイゴオ）
印刷　株式会社暁印刷
製本　株式会社ビルディング・ブックセンター

Printed in Japan
ISBN978-4-04-913223-6 C0193

メディアワークス文庫　https://mwbunko.com/

本書に対するご意見、ご感想をお寄せください。

あて先
〒102-8177　東京都千代田区富士見2-13-3
メディアワークス文庫編集部
「梅谷 百先生」係